나는
이렇게
은재아빠가
되었다

잘 왔어 우리 딸

서효인 산문집

난다

prologue

은재

    은재는 스물한번째 염색체가 보통 사람들보다 하나 더 많다. 이를 우리는 다운증후군이라고 부른다. 다운증후군은 병명이 아니다. 특별한 염색체가 발생시키는 여러 불편함을 통틀어 일컫는 말이다. 은재는 특별한 염색체를 타고났지만 알고 보니 그런 친구들은 많았다. 동시에 모든 아이가 그렇듯이 은재라는 아이는 단 하나다. 나는 아이의 고유성과 일반성 사이에서 갈등했다. 내 특별한 아이가 평범하기를 바랐다. 하지만 세상 모든 아이는 일반적으로 빠짐없이 특별하다는 걸 잘 몰랐다. 나중에 알았다.

    아이가 태어나기 전 은재라는 이름을 미리 점찍어두었다. 사랑하다라는 뜻의 恩, 재능 있는 사람이라는 뜻의 才. 점 하나 찍고 다른 사람으로 변신해 처절한 복수에 나서는 스토리의 드라마 〈아내의 유혹〉의여주인공 '구은재'에게서 힌트를 얻긴 했지만, 그래서 어디선가 들은 것 같지만, 사실 세상 모든 단어는 필히 누군가가 입 밖으로 내어버린 것이고 우리는 평범하기 그지없는 그것을 익숙하게 받아들인다. 아이는 다르다. 아이를 맞이한 부모 또한 달라야 한다. 이제부터 세상은 생소하고 아름다우며 동시에 무섭기도 하다. 이를 합해 설렘이라고 불러도 될까.

나는 막 태어난 생명체가 가진 '사랑의 재능'을 아주 조금만 훔쳐 세상 모든 단어를 다시 살핀다. 그렇게 은재 놀이에 열중하면 모든 것이 특별해 보인다. 덩달아 보통의 당신도 무척 근사해 보인다. 설렌다.

은재처럼 웃어본다. 평범한 세상에 이토록 특별하게 나타나주어 고맙다고, 그리고 사랑한다고, 말한다. 허공으로 날아가는 말을 붙잡아 이렇게 글로 쓴다. 아프거나 슬픈 사람이 없는 글을 평범하지만 특별한 당신에게 들려주려고.

보통보다 하나 더 많은 염색체가 숲속 반딧불처럼 책상을 비춘다.

이제, 시작해도 될 것 같다.

prologue 은재 4

1부 둘의 마음

내게 가장 적절한 속도 12
우산을 같이 썼던 날 15
어서 와, 지구는 처음이지? 19
결혼식 전에 해야만 하는 일들 25
긴 여행이 시작되려고 해 29
좋았다 34
엄마가 말하길 35
아내의 배가 불러온다 41
입덧이란 무엇인가 46
선뜻 내키는 대로 50
그 겨울의 어떤 날 54
너를 기다리는 겨울 59
마음의 창고는 늘 65
며칠 남지 않았다 68

2부 **셋의 정적**

땅콩이가 왔다   72
세상 없던 것이 생기는 순간   74
그때 네 표정을 기억해   77
괜찮아, 잘 왔어   81
길 위에서   84
Down Syndrome   89
땅콩이의 첫 사진   93
생각 풍선이 줄어든다   96
신은 실수하지 않는다   100
기대해도 괜찮을까   102
택시에서 생긴 일   106
신생아집중치료실의 보스   111
초유 20밀리리터   115
우리 은재는 다운증후군을 가진 아이   119
아파 만나고 나아 헤어지는   121
무거운 종이 한 장   126
용기와 지혜가 필요해   131
울다가 웃다가   134
아내라는 이름의 미래   137
아이처럼 그리고 강처럼   140

3부 하나의 존재

고모가 된 동생　144
할머니가 된 엄마　147
이모가 된 처제　150
외할머니가 된 어머니　153
너의 심장이 제대로 뛴다면　156
꿈을 꾸었다　162
하루에 세 번 아프고 수없이 예쁜 아이　166
상처를 소독하는 일　170
오늘은 그녀의 생일이다 나는 그녀의 남편이다　173
즐거운 마음으로 고무장갑을 낀다　178
여러 다행스러운 일들　183
은재가 집에 왔다　185
수유는 키스처럼　189
아이들은 결국 다 한다　193
용기를 얻는다　196

4부 수많은 가능성

거짓말을 하면 코가 길어지지   200
걱정하는 마음 미안한 마음   205
카메라를 들고 손을 잡고   208
남편은 게으르고 세상은 부지런해   215
잘 지내시죠? 저희는 잘 지내요   218
조심조심 고속도로   223
화장실의 몽둥발이들   229
짧은 여행의 옹알이   233
병원은 싫어요   237
무엇보다 밸런스   240
유일하게 반짝이는 하나의 점   244
반가운 똥냄새   248
괜찮아, 잘될 거야   252
어느 출근하기 싫은 날   255
가을, 은재의 심장 소리   259
다시 두 줄이다   264
삶은 이렇게 지속된다   268
은재 너는 마법사야   271

epilogue 당신   274

1부 둘의 마음

내게 가장 적절한 속도

　속도를 위반하면 벌금통지서가 집으로 날아든다. 통지서에는 선명한 사진이 실려 있다. 운전하는 사람의 상반신과 차량 번호판. 운전석 옆자리는 프라이버시 보호를 위해 가려주는 센스도 그들은 잊지 않는다. 내가 몇 번 걸려봐서 아는데, 벌금 낼 때 정말 돈 아깝다. 빨리 달려봐야 도착 시간은 거기서 거기다. 열심히 밟아봐야 신호등에 걸리고 나면 앞서 앞지른 차가 부드럽게 속도를 줄이며 옆 차선에 선다. 다 알면서, 도대체 왜 거기서 가속 페달을 밟았던가!

　여자가 몸의 이상을 알려왔을 때 남자는 갑자기 시계 초침이 엄청나게 빠르게 돌아가는 것을 느꼈다. 오해의 소지가 있다. 그는 기본적으로는 기뻤다. 둘은 원래 결혼을 약속했고 악독한 계절을 모두 보낸 후에 본격적으로 날을 잡기로 하였으나 그 악독한 계절에 들어서자마자

애가 같이 들어섰을 뿐(이라는 변명을 누가 구구절절 들어주고 있겠는가?). 사내는 하루 정도 누운 상태로 연신 발차기를 했다. 아, 좀 빨랐다. 그래 좀 빨랐구나.

그 사내가 나다.

컴퓨터를 켜면 으레 연예 뉴스를 뒤지고는 하는데 꼭 한 달에 한 커플은 결혼 발표를 한다. 기자들이 물어본다. 혹시 속도위반 아닙니까? 웃으며 대답한다. 절대 아닙니다. 사람을 어떻게 보고…… 혹은 당황하며 말한다. 4개월입니다. 아이가 있어 더 행복해요. 다행히 내게 그런 하찮은 질문을 던질 기자는 없겠지만 괜히 미안하고 민망한 것도 사실이었다. 누가 물어보면 대답해야 한다. 4개월이에요. 아이가 있어……

하지만 곧 세상에 나올 생명 하나를 두고 속도를 위반했네, 신호를 무시했네, 수군거리는 것은 심히 사나운 인심이 아닌가. 타인의 사생활을 놓고 도로교통법에 의거하여 딱지를 붙이는 꼴이라니. 그러나 저러나 아이는 아이 나름의 속도와 박자에 맞춰 세상에 나올 준비를 다하고 있을 게 분명하다. 누가 무엇을 위반하고 어겼나. 나는 당당한 표정을 짓기로 한다.

아이에게 땅콩이라는 태명을 붙여주었다. 초음파 사진 속, 땅콩처럼 생긴 물체가 두근두근 심장 뛰는 소리를 냈다. 땅콩 같아. 땅콩? 응 땅콩. 된소리와 거센소리가 입안에서 세상으로 터져나간다. 콜라처럼 톡톡 튀는 소리다. 땅콩. 땅콩, 땅, 콩.

 속도가 없는 나라를 상상한다. 모두가 날 때부터 제 속도를 가진 도시를 그린다. 그 속도가 서로 부딪히지 않아 따로 속도를 잴 필요가 없는 마을을 떠올린다. '땅콩'이는 그곳에서 생겨났다고, 그래서 우리 모두 위반한 것도 없고 핑계 댈 것도 없으며 그러므로 더구나 후회할 일 또한 없을 것이다. 그러니까, 딱지 붙이지 않았으면 좋겠어요(갑자기 존대). 삶의 속도는 누구에게나 정당하니까.

 우리는 모두 이곳에서 저곳으로
 각자 온당한 결승점으로
 빠르게 또한 느리게

우산을 같이 썼던 날

다니던 학교 후문에는 적당히 촌티나고 적당히 예쁜 카페가 몇 있었는데, 애인과 나는 거기 어디 창가에 앉아 생과일 주스나 헤이즐넛 커피 같은 걸 마시고 있었던가보다. 늦은 장마라 꾸물꾸물한 비구름이 창공을 완전히 떠난 것은 아니었는데, 어쩐 일인지 우리는 꼭 우산을 하나만 갖고 다녔다. 그것도 아담한 사이즈로. 이쯤에서 꼭 그래야만 했던 이유가 무어냐고 묻는 바보는 설마 없겠지.

하늘에서 조그마한 액체들이 슬금슬금 낙하하기 시작했다. 우리는 작은 우산 속으로 둘이 들어가 안쪽 어깨를 서로에게 붙이고, 바깥쪽 어깨를 내리는 비에 내주고 걸었다. 애인을 기숙사에 데려다주기 위해서였다. 기숙사는 호그와트처럼 멀어 학교로 진입해 자연대와 공대, 운동장 따위를 지나쳐야만 나왔다. 도착지는 아직 먼데 빗방울이 굵어지더니 누가 하늘에서 물 폭탄을 우리 둘에게 퍽퍽 던지는 것이었다. 우산은 몇 분 되지 않는 시간에 뒤집어져 날아가고 때마침 비를 피할 곳은 마땅치가 않고 애인은 빗물인지 눈물인지 뒤범벅 흘리면서 숨이 쉬어지지가 않는다고 했다. 숨이, 숨이 안 쉬어져. 기도가 막혔나봐!

물론 숨이 안 쉬어지는 사람이 기도가 막혔다는 식의 의학적 자기진단을 냉철하게 해낼 수는 없겠지. 애인은 다행히 숨은 쉬고 있었던 것 같다. 대신 완전히 젖어버려서 힘들어했던 건 사실이다. 몸에 붙어버린 옷이 부끄러워서 울었던 것도 같다. 나는 그런 것보다는 백팩에 김장독의 배추김치처럼 담겨 있던 5.2킬로 중량의 후지쓰 노트북이 걱정이었지만, 입 밖으로 걱정을 꺼내진 않았다. 게릴라처럼 여기저기서 글을 쓰려고 산 노트북이었다. 미니홈피에 사진 올리는 용도로 훨씬 많이 썼지만. 진짜 게릴라는 내가 아니라 도시를 습격한 대자연이었다. 짧은 시간 우리 앞에 쏟아졌던 비는 그날 저녁 지역 뉴스에 단신으로 다뤄졌다. 게릴라성 폭우.

상견례 하는 날, 비가 그렇게 내렸다. 우리 식구가 먼저 식당에 자리했는데, 30분 늦는다는 전갈이 20분 더 그리고 또 10분 더 늘어나자 내 초조함과 당혹감 또한 먹지 못한 라면처럼 불어났다. 나는 그때서야 '숨이 쉬어지지 않는다'는 말을 십분 이해하게 되었다. 기도가 막히다 못해 몸 바깥으로 튀어나올 지경이었다.

땅콩만한 아이를 배에 담고서 동생들과 어머니를 모시고 약속 장소에 나오던 아내는 폭우처럼 울어버린 모양이었다. 사춘기인 막내 동생은 막내 동생대로 뭔가 부루퉁해서—아마 이 결혼 자체가 맘에 들지 않았으리라—십대 남자가 주는 반항적 풍모를 폴폴 풍겨냈다. 비가 오든 안 오든 상견례는 원래 어려운 법이라는데! 상견례는 그렇게 예정된 시간에서 1시간을 더해서 시작했다.

밥 먹으면서 트림을 자주하고 쩝쩝 소리를 내는 부장님과 단 둘이 먹는 점심 백반, 세상 가장 싫어하는 사람, 그 사실을 모르는 천진한 친구 녀석과 셋이서 먹는 파스타, 전날 술을 죽자사자 마시고 결국 살아나서 쓰린 속을 움켜쥐고 먹는 진득한 카레 같은 것들은 상견례에 비하면 얼마나 평안하고 즐거운 식사들인가!

코스로 나오는 음식은 숨이 막히게 맛이 없었고, 특히 잡채는 말라비틀어져 기분을 더 잡쳐버렸다. 상견례는 우리네 혼인문화가 만든 지옥 중에 최고로 뜨겁고 어색한 지옥이 분명하다.

그럼에도 불구하고 평범하고 착하고 성실하며 존경스러운 우리의 부모들은 예의와 성심을 다해 어린것들의 미래를 축복해주었다. 그리고 어른들이 해야 할 일을 찬찬히 상의했다. 나는 듬직해 보이기 위해 자세를 바로 했고 애인은 겸연쩍은 표정을 숨기려 고개를 숙였다. 바깥은 숨막히게 쏟아지던 비가 그치고 얄미울 정도로 쨍한 해가 떠올랐다. 오! 마지막에 나온 수정과는 조금 맛있는 것도 같았다! 정말이지, 다 잘될 것만 같았던 것이다. 그러나,

    식사를 마치고 길에 나서자 다시 비가 쏟아진다. 날씨에 감정이나 희망 따위의 정서를 무심코 투영하다니, 어리석었다. 인간은 날씨가 어떠하든 어깨가 비에 흠씬 젖든 정수리에 눈이 함박 쌓이든 아무래도 상관없이 목적지를 향해 뚜벅뚜벅 걸어가야 하는 존재다. 그 와중에 그녀와 나는 하나의 우산을 같이 들기로 하였으니, 그걸로 모두 되었다. 이토록 젖은 어깨도 언젠가는 보송보송 마를 것이다.

어서 와, 지구는 처음이지?

　무서워서 그랬다. 한때 공무원 학원에 다녔었다. 대학 졸업 학기였다. 투명하지만 단단하고 뾰족한 벽이 사방에서 나를 압박해왔다. 80만 원을 내고 등록한 9급 공무원 대비 학원에서, 그 담을 뛰어넘으려 했다. 담의 일부가 되려던 것이었을지도 모르겠다. 당구를 함께 치던 동기와 같은 학원 같은 반에 등록했다. 나름대로 안정된 미래를 꿈꾸며 짐짓 어깨를 폈던 것도 사실이다.

　친구는 절박함을 안다. 늘 최선을 다하는 친구가 곁에 있다는 건 좋은 일이다. 당구를 치든 중간고사를 보든 그는 할 수 있는 모든 것을 했다. 녀석이 훗날 합격의 희소식을 들려주게 될 시험을 치르고 학교 후문 유흥가로 돌아온 날이었다. 그는 시험을 망친 것 같다며 고기를 사달라고 하였다. 그는 절박하게 상추에 고기를 담아 입으로 가져갔다. 그게 붙은 시험인 줄 알았다면 돼지갈비 값을 내가 내지는 않았을 텐데.

그와는 이런 일도 있었다. 새벽부터 서둘러 자리를 차지한 독서실에서 친구는 영어 독해에 열심이었고 나는 연습장에 시 비슷한 것을 끼적이고 있었다. 친구가 내 자리로 스윽 오더니 어깨를 툭 친다. 그리고 건넨 쪽지.

야, 이 외계인 같은 놈아.
그냥 너는 지구를 떠나라.
거기서 시를 써라.
여기서 뭐하냐?

●

부모님을 제외하고 가장 먼저 소식을 듣게 된 건 교육청 공무원인 친구였다. 한창 근무중이던 그는 속삭이듯 전화를 받다가, 사태를 파악하고는 사투리를 뱉었다. 뭐냐? 진짜냐?

무서웠다. 의사는 짧게 축하의 인사를 전한 후 진지한 얼굴로 복잡한 말을 했다. 절박유산이라는 단어가 그의 입에서 발사되었을 때, 나는 그걸 이미 유산이 됐다는 말로 알아듣고 심장이 초토화됐었다. 다행히도 그런 건 아니었다. 절박유산은 임신 초기에 출혈이 있고 출혈로 인해서 자연유산의 가능성이 높아지는 증세라고 한다. 초음파 사진, 아이의 자리 옆에 시커먼 뭔가가 있었고 의사는 그것이 피라고 했다. 푹 쉬는 것이 최고라고 덧붙였다. 우리는 임신 소식을 확인하기 위해 찾아간 병원에서 곧바로 입원 수속을 밟아야만 했다.

무서움을 가까스로 숨긴 나는 대신 끝없이 절박해져서, 괜찮을 거라는 의사의 말을 뒤로 하고, 질린 얼굴을 그대로 유지하고서, 갑자기 과장된 몸짓을 하고서, 아내를 부축하고(그녀는 거부했다), 부산을 떨면서, 스마트폰을 만지작거리면서(그녀가 트위터 좀 작작하라고 했다), 충격적인 소식에 부리나케 병원으로 오고 있는 예비 장모님을 맞이할 준비를 하고 있었다. 사실 어머니 얼굴 뵐 일에 질렸던 건지도 모르겠다.

초음파 사진에는 거대한 우주가 있었다. 아주 시커멓거나 조금 덜 시커먼 것들이 뱅글뱅글 돌고 있었다. 거기에 땅콩만한 은재가 들어 있었다. 절박하게 몸을 말고. 훗날 절박유산이 염색체 이상과 연관되어 있다는 출처를 알 수 없는 정보를 얻었을 때도 도리어 아이가 더 대견하게 느껴졌다. 세상에 나오기 위해 너는 최선을 다했던 거구나. 거대한 우주에서, 지구로 오려고.

무섭지 않았니?

고된 훈련을 받은 우주인처럼

모든 게 처음인 아이가
찬찬히 그리고 열심히
우주를 헤엄치고 있었다.

아이의 엄마는 아랫배에 자리한 작은 우주를 최대한으로 키워나갔다. 그녀는 곧 몸을 추슬러 병원 바깥으로 뱃속 우주를 꺼내왔다. 아이는 그곳에서 팔다리가 나오고 표정이 생기고 영양분을 받았을 것이다. 나는 홀로 무덥고 재미없는 지구에 쭈그려앉아 있었다. 무언가를 해야 한다면 가장 해야 할 일이 많은 이는 결국 아이였다. 나는 그 절박함을 따라서, 더 강건해지면 되는 거였다. 지구인이니까.

●

친구에게 어깨가 떠밀려 고시원으로 돌아왔다. 일단 늘어지게 낮잠을 잤다. 그리고 뭔가를 진지하게 끼적였다. 믿을 수 없는 이야기를 하자면, 누우면 발끝이 문턱에 닿았던 그 고시원은 사실 우주를 떠도는 캡슐 비행선이었다. 나는 시커먼 캡슐에 쭈그려앉아 될 대로 되겠지, 중얼거리며 시를 썼다. 캡슐 바깥의 세상은 아름답고 무서웠다. 지구인 친구들이 절박한 마음으로 취업 준비를 하고 있었다. 나는 같은 질감을 느끼려 노력하며 시를 썼다. 행성과 운성이 곁을 스쳐지나갔다.

비행은 결국 실패했다. 시 쓰는 일은 취업이 아니었다. 거기에서 완성된 시 중에 지금 갖고 있는 것은 한 편도 없다. 모두 우주정류장에 버렸다. 다만 어떤 태도를 완성한 것은 사실이다. 그걸 절박함이라고 불러도 될까. 약간은 그렇다고 대답하겠다.

  공무원 학원에 계속 나간 친구는 가끔 방문을 두드리며 맥주를 내밀고 캡슐 속 나를 구출하곤 했다. 녀석이 아니었으면 난 우주 미아가 됐을 것이다. 훗날 알고 보니 친구는 그날 나에게 그런 말을 했다는 사실 자체를 잘 기억하지 못했고, 만약에 그랬다면 날마다 커피를 마시자는 둥 당구 한 게임 치자는 둥 공부를 방해했던 나를 시야에서 없애버리기 위한 책략이 아니었겠냐며 반문한다. 어쨌든 우리는 각자 최선을 다했던 것 같다. 귀한 시간이었다. 이윽고 나는 지구로 돌아왔다. 지금은 우주 속 아이의 귀환을 기다린다.

  아이의 좋은 지구인 친구가 되고 싶다. 땅콩이가 마음껏 비행할 수 있도록 도와주고 싶다. 때가 되면 아이의 어깨를 툭 치며 너의 세계로 전진하라고, 거기가 지구 바깥이어도 괜찮다고 말해주고 싶다. 그럴 수 있을까. 달력 예닐곱 장을 넘기면 아이가 온다. 우리는 공무원처럼 점잖게, 지구인처럼 간절히, 그저 기다리기로 했다.

결혼식 전에 해야만 하는 일들

> 그러나 다행히도 이 모든 것들이 다 지나갔다.
> ―네우송 호드리게스, 『결혼식 전날 생긴 일』

상견례 날짜를 잡는다.

상견례 장소를 예약한다.

상견례를 한다.

날짜를 잡는다.

결혼식장 예약을 한다.

스튜디오를 고른다.

주례 선생님을 모신다.

결혼식 식순을 정한다.

축가를 부탁한다.

축시를 부탁한다.

하객 수를 헤아린다.

선금을 치른다.

청첩장을 준비한다.

촬영 드레스를 고른다.

예식 드레스를 고른다.

식전 촬영을 한다.

사진을 고른다.

한복을 고른다.

여행지를 물색한다.

관련 예약을 마친다.

고민한다.

머리가 아프다.

가끔 싸운다.

화해한다.

헤헤 웃는다.

청첩장을 발송한다.

청첩장 발송에 빠진 사람을 체크한다.

집을 구한다.

좌절한다.

다시 집을 구한다.

또 좌절한다.

예단은 어떻게 하지?

모르겠다고 솔직히 말한다.

모르겠는 게 여기저기 지뢰처럼 널렸는데 시간은 잘 가는구나.

그 와중에

집을 구한다.

좌절한다.

좌절하는 가운데 집을 구하고

집에 맞는 살림을 들여놓고

달력을 본다.

반지를 맞춘다.

헤헤 웃는다.

반지를 끼어본다.

좀 끼나? 그새 살이 쪘나?

결혼 앨범을 찾는다.

입을 헤, 벌리고 좋아한다.

기술이 좋긴 좋구나.

좁은 집에 어제 고른 커튼을 단다.

부드러운 천을 투과하는 빛을 본다.

내일이 결혼식이다.

사랑한다.

확인한다.

사랑한다.

앞으로 우리 둘은 끝끝내 행복하기로
굳게 다짐한다.
그리고,
총각으로서 마지막
잠.

땅콩이 꿈을 꾸었다.

긴 여행이 시작되려고 해

　엄마는 너를 배에 담고 아빠는 그 배를 바라보며 전전긍긍하거나 파안대소하면서 떠나는 여행이었어. 저가 항공의 비행기는 앞뒤가 짧아 무릎을 옹송그리고 모은 채였지. 아마 땅콩이 너와 비슷한 자세였을 거다. 아빠는 조금 불편했다. 배가 나왔기 때문이지. 쉽게 굽혀지고 펴지는 몸이 아닌 지 오래되었다. 작고 동그란 창 아래 우리나라가 누워 있었다. 군데군데 긁힌 자국이 선명했는데, 골프장처럼 보였어. 우리나라에 골프를 좋아하는 사람이 저렇게 많나보구나. 아님 땅을 파헤치는 걸 좋아하는 사람이 많든지. 아빠는 아무 쪽도 아니다. 골프는 아빠의 취향이 아냐. 땅에 관심 가질 만한 사정은 더욱 아니지. 아빠의 취향은 시끄럽고 별 볼 일 없는 우리나라 보통 남자들과 비슷하단다. 야구와 축구를 좋아하고, 그중 잘하는 것은…… 없고, 굳이 찾자면 당구를 잘 치고. 말이 나온 김에 오늘은 땅콩아, 너에게 아빠를 설명하고 싶구나. 아빠의 과거, 아빠의 비밀, 아빠의 실수 그런 것은 아니고 취향에 대해서 말이야. 가끔 취향은 그 사람의 모든 것이 되기도 한단다. 그리고 지금 엄마 아빠는 신혼여행을 가고 있어. 사실 우리 둘은 모두 여행을 좋아하지 않는단다. 엄마는 방에 웅크려 인터넷 세상의 파도에 몸을 맡기길 즐겨. 나는 동네를 빨빨거리며 여행하는 것을 좋아하지. 그건 여행이 아니라고? 그렇다면 역시…… 여행은 내 취향이 아니랄밖에. 그러니 땅콩이 네가 더 자라서 아빠에게 이렇게 묻는 날이 없었으면 좋겠어. "아빠, 어디 가?" 아빠는 되도록 어딜 안 가고 싶은데 생각처럼 될지는 모르겠다. 그러니까 이런 식이야. 누군가에게 여행을 좋아하지 않는다고 실토하고 나면, 여행에 관한 그 지긋지긋한 화제가 바뀌기는커녕 여행을 기피하는 정당한 이유를 설명해야 해서 아빠는 아주 진땀을 뺀다. 아무리 설명해봐야 상대방은 이렇게 말하고 말아. 여행을 안 다녀 버릇해서 그런 거야. 한번 훌훌 털고 떠나봐. 아니, 그냥, 잘 모르겠고, 여행을 싫어한다니까? 집과 동네가 좋다니까 그러네? 에이, 그런 게 어디 있어. 낯선 곳에서 스스로를 찾는…… 그러면 아빠는 조용하지만 단호한 고백을 하고 말아. 여행할 돈이 없어서 그래. 그때서야 맞은편 이모 삼촌은 내 입장을 이해해주더구나. 여행갈 돈이 없었던 다소 게으른 청년의 한심함을 말이야. 돈이 없었던 게 아주 거짓은 아니었지만 나는 다른 데에 관심이 많았을 뿐인데 거참 고약하더구나. 이번 여행에 있어서도 고약한 일은 꽤 있었단다. 친절한 사람들의 강력한 추천을 들으며 그곳을 가지 않는 이유를 만들어야 했거든. 푸켓, 보라카이, 몰디브, 하와이, 팔라우, 방콕, 삿포로, 파리, 런던, 상파울루, 요하네스버그, 그래 더 말해봐, 지구의 끝? 남극? 밀림? 사막? 심해? 우주? 신혼여행이니까. 생애 단 한 번이니까. 더 말해보라고. 물론 이런 시비조는 삼갔지. 그저 땅콩이 네 핑계를 댈 뿐이었지. 그리고 아주 중요한 문제도 있었어. 엄마 아빠는 모두 여권이 없었거든. 여권은 뭐에 쓰는 물건이지? 권법 같은 건가? 잠깐 바다가 보이고 다시 육지가 보였어. 저걸 사람들은 섬이라 부르지. 땅콩아 넌 우주에서 건너왔기 때문에 이미 다 알겠지만 지구 위의 땅은 사실 모두 섬이야. 사람들 사이에 섬이 있는 게 아니라, 우리가 모두 그저 섬인 셈이지. 섬 속의 섬. 섬 바깥의 또 섬. 어쩌면, 그래 섬. 섬에 도착했어. 예약한 렌터카 업체를 찾아가야 했어. 생각보다 차가 좋지 않더구나. 에어컨이 제대로 작동되지 않는 것도 같고. 알고 보니 아빠가 조작법을 잘 몰랐던 거긴 했지만. 어쨌든 빌린 차의 인터페이스는 직관적이지 않았단다. 아빠와 엄마는 여행을 기피하는 취향이 서로 잘 맞았지. 하지만 그 외의 것은 사뭇 다르단다. 엄마는 영화를 좋아해. 아빠는 영화를 즐겨 보지 않아. 이를 설명하는 일 또한 몹시 어려워! 왜 사람들은 여행과 영화에 모든 사람이 훈훈한 감정을 가져야 한다고 믿는 걸까. 우리에겐 대상을 가리지 않고, 심드렁할 자유가 있어야 해. 아빠는 담배도 피우지 않는단다. 그러나 아빠의 동료들은 사람의 겉만 보고 쉽게 판단을 하는 경향이 있어. 그래서 담배나 라이터가 있냐고 묻기도 해. 담배 피우는 사람은 자랑스러워해야 할걸. 아빠의 외양이 흡연자의 그것을 대표하고 있다니. 내가 얼마나 선량하게 생겼는데! 아빠가 좋아하는 것은 커피야. 아침엔 믹스 커피, 점심엔 아메리카노, 저녁엔 카페라테. 이 정도면 취향이라고 할 수 있나? 원두 이름을 알려달라고? 글쎄 그건 동서식품이나 스타벅스, 혹은 동네 카페에 물어보는 게 좋겠구나. 아빠는 원두 이름을 알 정도까지 커피를 좋아하는 게 아냐. 그게 취향이냐고? 땅콩아, 이제까지 아빠 말을 허투루 들었구나. 느슨한 취향도 얼마든지 훌륭한 취향이 될 수 있다고 아빠는 믿는다. 엄마는 여행 기간의 8할을 입이 삐쭉 나와서 지냈단다. 그게 엄마의 취향일지도 모르지. 일단 우리는 여행을 싫어하잖니. 이번 여행이 시작되자 땅콩이 네 발차기가 시작됐다고 해. 그러기엔 조금 빠르지 않나? 그건 엄마만의 느낌일 수도 있어. 엄마는 느낌을 중시하거든. 땅콩이 너에게서는 좋은 느낌이 온대. 아빠도 그 느낌만은 완전히 믿기로 했단다. 섬에는 명소도 좋은 식당도 많았어. 그러나 엄마와 아빠는 뜨내기에 불과했고 가는 곳마다 성공을 거둘 수는 없는 일이었지. 요약하자면 바다보다는 내륙이 좋았어. 화산 폭발이 만들어낸 신비로운 능선을 사랑하게 되었지. 그런데 아빠는 여수 앞바다가 더 좋아. 엄마의 고향이니까. 호텔에서 기분을 내려 조식 뷔페를 먹었는데, 그저 그랬어. 아빠는 아침에 조금이라도 자는 걸 좋아해. 엄마는 그런 아빠를 싫어하는 것도 같고. 돌아오는 비행기 역시 좁았어. 자유석이라서 하마터면 엄마와 아빠가 떨어져 앉을 뻔했지 뭐야. 아빠가 대기 시간에 맞춰 화장실에 갔기 때문이었지. 이놈의 방광은 참 속도 좁아서는. 엄마는 입이 앞으로 더 나왔단다. 엄마는 아빠와 함께하는 걸 좋아하기 때문이지. 아빠는 자꾸만 실수를 했어. 작은 실수에 세상은 망하지 않아. 다만, 엄마의 화를 돋울 뿐이지. 거기에 아빠는 익숙해지기로 했단다. 엄마 달래기 세계 챔피언은 아직까지는 바로 나야. 이 소중한 노하우는 땅콩아, 네가 태어나고 나서 공유하도록 하자.

아빠는 땅콩이가 태어나 가질 취향이 궁금해. 어떤 음악을, 어떤 그림을, 어떤 책을 좋아할까 기대돼. 취향이 새로 산 퍼즐처럼 여기저기 흩어지고 다시 모여 조립되어갈 때, 혹시 아빠가 추천한 어떤 것이 그 자릴 차지할 수도 있지 않을까. 아빠와 엄마는 소설을 좋아해. 아빠는 엄마를 좋아하고, 엄마는 아빠를 좋아……하겠지?

아빠는 여행을 떠나면 이래. 긴장되고 분열돼. 괜찮아? 그럼 괜찮지. 그것도 취향이니까. 게다가 바로 지금,

아주 긴 여행이 시작되려는 참이니까.

좋았다

우리는 취향대로
유명한 관광지와 간판이 밝은 식당에 갔고
모든 사진은 스마트폰으로 슬쩍 찍었다.
내 모습을 담기 위해 팔을 길게 뻗는 일이 겸연쩍을 때
아내의 배를 만졌고, 그때마다
섬의 바람이 불어와 우리를 쓰다듬었다.
바람이 너와 나를
특별한 이유 없이 좋아해주어서
그게 아주 좋았다.

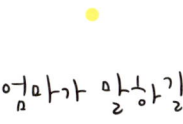

엄마가 말하길

아내는 난생처음 방문한 도시를 찬찬히 살필 겨를도 없이, 그저 그곳에서 살아야 했다. 그녀는 신접살림을 차리기에는 다소 작은 크기의 집을 천천히 둘러본다. 괜찮네, 이 정도면 생각보다 넓어, 말하고는 편한 자리를 찾아서 몸을 뉘였다. 그리고 긴 낮잠에 빠진다. 내가 급하게 구해놓은 집은 사실 생각보다 더 비좁았고 그 정도면 정말 안 괜찮은 투룸에 불과했지만 잠든 아내가 내는 규칙적인 숨소리를 따라 잠시 안도할 수 있었다.

결혼 준비의 시작은 스(튜디오)·드(레스)·메(이크업)라고 한다. 그렇다면 그 끝은 아마 집 구하기 정도가 되겠다. 말하자면 결혼 준비의 시작은 창대했으나 끝은 참담했다는 이야기. 모아놓은 돈은 없었다. 덤벙거리는 아들을 위해 어머니가 상경했다. 온 동네 부동산을 돌아다니며 사투리를 뱉었다. 그래봐야 그들이 우리에게 보여줄 수 있는 집은 빤했다. 그것들은 좁고 어둡고 불편해 보였으나 누군가는 거기에서 자고 먹고 사랑하고 있을 터였다. 그러나 선뜻 그러할 자신이 생기지 않는 집이었다. 가진 돈에 비해 욕심이 과했다. 쉽사리 계약을 하지 못했다. 서울의 외곽에서 서울의 바깥으로 발걸음을 옮겨야 했다. 전철역은 멀리에 있었고 버스는 몇 대 없었다. 그럴수록 갖고 있는 돈에 알맞은 집이 나타났다. 어머니의 사투리가 자그마해졌다. 이것밖에 못 해줘서 미안하다, 라고 말할까봐 짐짓 호기롭게 돈 모아서 늘리는 재미가 있지! 큰소리를 냈다. 우리는 서로 미안해하면서 서울을 빠져나갔다. 서울은 사람을 미안하게 만든다. 이유는 모르겠다. 모르겠어서 미안하다. 아무런 식당에 들어가 감자탕을 시켰다. 돼지고기 살을 바르면서 어머니가 말한다.

맛이 하나도 없네. 여기는 어쩜 음식에 정성이 얄팍하대. 김치도 이게 뭐냐. 우리나라 고춧가루는 아닌 게 아주 확실하구만. 결혼하면 김치랑 반찬이랑 더 자주 보낼 테니까, 먹을 거 아끼지 말고 기죽지 말고 지내라. 아까 그런 집들은 못쓰겠더라. 그래도 결혼해서 타지로 처음 올라오는 내 식군데, 밝은 곳에서 시작해야지. 일단 밝은 집을 구해야겠다. 발품 팔면 나오겠지. 걱정 말거라. 어서 먹어라. 식는다. 서울은 원래 간장에 고기를 찍어먹는 거냐? 별스럽다. 네 말이 맞다. 요즘은 크게 시작한다, 아파트가 어쩐다 하지만 원래 넓혀가는 재미도 있는 것이지. 엄마는 어쩌다보니 넓히면서 못 살았다. 네가 커지면서 이상

하게 점점 더 집은 쪼그라들더라만(조금 웃음). 아까 봤던 집이 빛은 잘 들어오더라. 바로 앞에 공원이 있던데 산책하기 좋겠든? 공원이라서 불량배들도 있고 막 그런 건 아니겠지? 며칠 더 보고 안 되면 아까 그 집 데려다준 부동산에 전화하자. 사람 인상이 누굴 속여먹게는 안 생겼더라. 내가 살다보니, 아들이 장가를 간다고 세상에 이렇게 같이 집을 보러 다닌다. 누군 아파트도 해주고 하다못해 전세라도 크게 해주겠지만 어쩌겠냐. 되는 대로 살아야지. 평생 너 좁은 방에서 지내서 마음이 안 좋았는데, 결혼해서도 좁은 방에서 지낼 것 같아 그것이 여간 안 좋다. 넓디넓은 방에서 큰 책상 놓고 책장에 책들 가지런히 꽂아놓고 큰 창문 내어놓고 글을 쓰면 더 잘될 것인데, 뭐든 그럴 것인데. 그렇지? 옛날부터 그랬다. 좁은 방에서 너는 나오지도 않고 혼자 거기에서 뭘 하는지 늘 궁금했어. 공부는 아니었을 테고(또 웃음), 방에 오래 있는데 그 방이 좁고 어둡고 그래서 그것이 안 좋았다니까. 너는 공부를 해도 엄마 몰래 하고 글도 엄마 몰래 쓰더라. 하긴 혼자 방에서 꼼지락꼼지락하기에는 글이 딱 좋지. 이제 결혼하면 엄마는 진짜 더 모른다. 네가 더 좋은 곳으로, 넓은 곳으로, 밝은 곳으로 점점 더 가. 그렇게 가라. 알아서 가라. 뭐하냐, 안 먹고. 일단 먹고 가. 그래. 먹는다. 먹어. 먹다보니 먹을 만하네. 응. 먹자.

그날 계약했다. 액수는 정해져 있으니 나오는 집도 거기서 거기일 터였다. 요행을 바라기에는 어머니의 발품도 이제 한계가 온 것이 확실했다. 나는 마지막으로 엄마의 어린 아들이 되어 집을 함께 골랐던 것이다. 결혼하면 그녀의 도움을 쉬이 받기가 겸연쩍겠지. 어머니가 봐둔, 공원을 앞에 둔 좁지만 그나마 쓸 만한 연립주택의 주인이 전세자금 대출을 흔쾌히 받아들여 다행이었다. 그것을 꺼리는 사람도 많았다. 이해할 수 없었다. 부동산들의 생태계는 내가 아직 알 수 없는 미지의 세계였다. 그것을 이해하는 순간 나는 다른 인간이 되어버릴 수도 있겠다고 생각하니 오싹해진다. 부동산에서 계약을 하는 동안 그런 생각이나 하고 앉아 있으니 그럴 일은 영원히 오지 않을 것도 같고. 여전히 이 모든 것이 어렵고 모르는 것이 많다. 몰라서 미안하다. 나를 미안하게 만드는 것은 서울이 아니었다. 그건 그냥 나의 일부였다. 그걸 염치라고 불러도 될까. 그때 감정에 아무런 이름을 붙이지 않기로 한다. 민망하니까.

아내가 기지개를 켠다. 그리고 청소를 해야겠다면서 몸을 일으킨다. 구석구석 더러운 데가 많다. 보고서의 오타처럼 눈에 띈다. 입술 근처 뾰루지처럼 거슬린다. 그것을 고치고 짜내기로 한다. 사실 나는 누운 상태로 보던 야구나 계속 보고 싶지만, 뱃속에 땅콩이를 담은 아내가 방에서 등을 떼면 나로서는 더 누워 있을 방도가 없다. 사실 내가 먼저 움직여야 옳았다. 화장실 구석에 덜 닦인 곰팡이를 문지른다. 아내는 싱크대를 맡아서 광을 내고 있다. 안방도 안방에 딸린 자그마한 베란다도 다시 한번 손봐야 한다. 작은방도 작은방에 딸린 작은 창도 다시 닦아야 할 것이다. 생각보다 넓어서 골치가 아팠다. 좁기도 넓기도 한 우리의 첫번째 집이 여기에 있다. 이곳에서 당분간 먹고 자고 사랑할 것이다. 젊을 적 어머니가 당신의 집에서 그러했던 것처럼. 시큰한 마음을 감추지 못해 철수세미를 쥔 손에 힘을 줘본다. 어쩐지, 손바닥이 아프다.

아내의 배가 불러온다

 우리는 이렇게 서로를 선택해서 같이 살게 되었다. 다른 선택을 취할 수 있는 장면이 몇 컷 있었지만 나는 그것을 '기회'라고 결단코 부르지 않을 것이다. 우리는 약속이나 한 듯 그것을 모두 스쳐지나 여기에 잠시 멈췄다. 그리고 둘이 함께하기로 결심하고 난 후에 다시 걷기 시작했다. 이제부터 발을 맞추어 걸어야 하니 전보다는 자유롭지 않지만 가끔 그 걸음의 박자에 기댈 때도 올 것이다. 안도해도 괜찮을까. 안도해도 괜찮겠지.

 아내의 배가 불러온다. 귀를 대면 물 흐르는 소리, 바람 드나드는 소리가 들린다. 대학교 정문 앞 호수에서 아내에게 고백을 했을 때, 그러니까 처음 고백은 아니고 퇴짜를 두 번 연달아 맞은 다음 마지막이라 굳게 다짐하고 고백을 했을 때, 그곳에서 그런 소리가 났었다. 캠퍼스의 봄이 풍기는 취기가 호수의 결에 따라 흔들리는 날이었다. 그녀는 침묵을 지켰다. 데이트를 하러 모인 군상들의 지저귐은 그에 따라 음소거 처리 되었다. 기어코 들리는 건 물소리와 바람 소리. 그녀가 입을 뗀다.

나는 글을 쓰면서 살고 있고 이것은 내 오랜 꿈이기도 했다. 그것을 잘해내고 있든 아니든 상관없이 나는 하고 싶은 일을 하며 살고 있으니 그것으로 행운이다.

아내는 그렇지 못하다. 정확한 속내는 알 수가 없지만 그 때문에 지나가고 다가올 시간 모두를 서운해할까봐 걱정이다. 걱정은 이내 미안함으로 바뀐다. 내가 아니었으면 네가 더 행복했을 것 같아. 그랬을 수도 있을 것 같아.

불편한 연민을 숨기려 괜히 손등으로 배를 만지고 엉덩이를 손가락으로 찔러보고 옆구리를 간질이며 장난을 쳐본다. 컨디션이 좋지 않을 때 아내는 정색하기 쉽다. 요즘은 컨디션이 거의 좋지 않다.

연민은 중요한 감정이다. 그러나 지나치면 독이 된다. 나는 내가 불쌍할 때가 많다. 그리고 내가 자랑스러울 때도 있다. 내가 나를 평가 내릴 때 쓰는 형용사는 많으면 많을수록 좋다. 연민과 자긍이 몸을 합쳐야 비로소 한 인간에 대한 이해가 완성될 것이다. 나는 아내를 가슴 깊이 이해하고 싶다. 그녀를 연민하며 동시에 자랑스러워한다. 짠하고 예쁜 아내의 배가 불러온다. 아내는 아직 스스로가 원하는 직업을 갖지 못했다. 몇 년에 걸친 도전은 아슬아슬 실패했다. 교육청 관련자에게 따지고 싶다. 우리 아내보다 더 학교 선생님에 적합한 사람은 이 세상에 없다고. 그러나 누가 들어주겠나.

그와는 별도로 아내는 나에게 가장 예쁜 사람이다. 몇 년에 걸친 내 사랑은 아슬아슬 성공했다. 연민보다는 사랑이 자주 필요할 것이다.

다시 학교 호수.
물과 바람이 내는 소리가

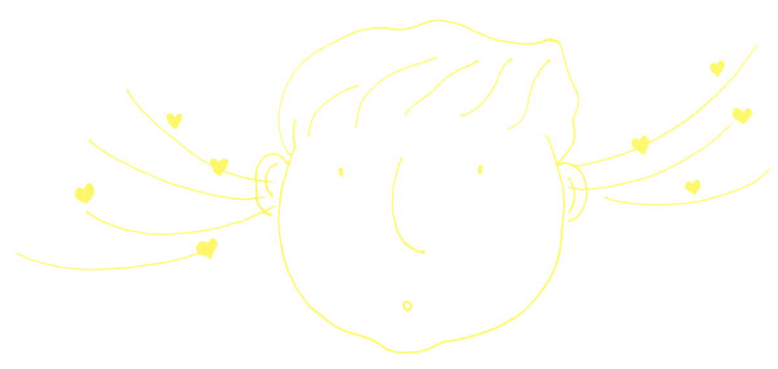

우리 뺨을 스칠 때 그녀가
나를 피해온 이유를 조곤조곤
말한다.

우리는 서로를 아직 잘 몰라요. 어쩌면 영원히 모를 수도 있어요. 어쩌면……이 아니라 거의 확실히 우리는 서로에 대해 다 알 수 없을 거예요. 그래서 시작하기 어려워요. 모르는 일에 쉽사리 뛰어들지 못하는 성격이라서. 겁이 많아서. 알면 알수록 더 모를 것 같아서. 무슨 말인지 모르겠죠. 무슨 말인지 모를 거야.

실제로 아내는 모른다는 말을 자주 한다. 뭘 물어보면, "몰라" 하고 마는 식이다. 실제로는 어떤 마음이 분명 있음직한데, 그때부터는 난해한 퀴즈다. 나는 답을 척척 대야 하지만 거의 실패한다.

아내의 배가 불러온다. 그때 아내는 미지수의 세계로 조심스레 발걸음을 했다. 나는 더 알고 싶다고, 네가 궁금해서 미치겠다고, 되지도 않는 예비역 대학생의 투지를 보여주었다. 연애에 대한 투지가 불타오를 때였으니.

그날의 선택과 이후에 계속된 일련의 판단이 몸을 합쳐 오늘을 소환한다. 잘못된 선택이 아니었음을 우리는 서로를 통해 증명해야 한다. 예전의 일들을 연민하거나 자긍할 필요 없다. 선택의 이유를 기억해내

온전히 이해하기는 어려운 일이다. 다만, 우리가 함께해온 여러 날의 기억을 모두 사랑하겠다. 무슨 말인지 모를 거다.

나 또한 겁이 많지만
발걸음을 함께 옮기는 네가 여기에 있다.
아내의 배가 불러온다.

입덧이란 무엇인가

입덧이란 무엇인가. 달콤한 과일의 육즙 같은 건가. 알다가도 모를 일이다. 배가 고프다고 하여 먹고 싶은 걸 구해주면 냄새도 맡기 싫다고 하다가, 내가 살짝 뾰로통하면 선심 쓰듯 손을 댄 후에 다시 속이 메스거린다며 고통스러워하는 식이다. 나는 무언가를 무지막지 열심히 해도 무진장 실패하고 그렇다고 모른 척 가마니처럼 가만히 있어도 가히 실패할 것이다. 이렇게 해도 저렇게 해도 입덧이란 것은 사랑하는 여자 앞의 남자를 고통 속에서 한없이 쭈그러지게 한다. 어떡하지? 어떻게 하면 좋지? 전쟁과 호환마마를 모두 흘려보낸 경험 많은 노인의 표정처럼 진득한 인내심으로 이 고통이 지나가길 바랄 뿐이다. 6·25 때 난리는 난리도 아니었다. 나로서는 당신의 짜증 비슷한 폭발을 받아주는 것이 맞다. 내가 사랑한 여자는 내가 사랑했기에 생긴 하나의 생명을 제 속에 두고서 넓디넓은 바다에서 맘껏 헤엄치는 생명의 활달한 움직임에 몸 여기저기 쑤시는 고통을 감내하고 있다.

　입덧이란 무엇인가. 나는 밤 11시에 망고주스를 사러 점퍼를 꺼내 입으며 생각한다. 망고주스가 없으면 키위주스라도 괜찮은 걸까. 꼭 망고주스여야만 하는 이유는 어디에 있는가. 아이의 혜엄이 열대의 과즙을 불러온다. 아이의 부름은 늘 옳다. 밤 날씨는 청명하고 당장의 목표는 망고주스다. 망고주스, 망고주스 노래를 부르며, 열대의 춤을 추고 있을 우리의 아이를 떠올리며, 평소에는 즐기지 않던 희한한 음료를 떠올린 내 귀여운 여자의 상큼한 표정을 흉내내며 나는 망고주스를 구하러 간다. 입덧은 열대 과일처럼 달콤한 것은 아닐지.

　입덧이란 무엇인가. 배신을 업으로 삼은 이중 스파이 같은 건가. 내가 사랑한 여자는 사실 떡볶이를 좋아했다. 가끔은 혹은 언제나 나보다 떡볶이를 더 사랑했다. 퇴근길 버스에서 내리면 바로 보이는 분식집이 있다. 중학교를 옆에 끼고 이런저런 분식을 파는 정겨운 가게다. 빨간 떡볶이 국물이 김을 모락모락 피어올리고 있기에 주저 없이 2인분을 주문했다. 검정색 봉지에 담긴 빨간 떡볶이를 달랑달랑 흔들며 걷는 걸음이 매콤하니 좋았다. 현관을 열고 아직 뜨거운 떡볶이를 내려놓으면 잘 익어 속까지 부드럽고, 적당히 매운 양념에 서로 부대끼고 있는 떡을 함께 찹찹 먹을 수 있을 것이다. 그러나 일은 그렇게 진행되지 않았다.

입덧이란 무엇일까. 이건 쌀떡으로 만든 게 아닌 것 같다는 말이 당신이 표명한 의사의 전부였다. 그리고 인상을 쓰고 고개를 돌려버렸다. 고개를 돌릴 때 진심으로 획, 하는 소리가 들리는 것 같았다. 나는 혼자서 작은 상에 고개를 묻고 자기들끼리 붙어버린 못생긴 떡들을 툭툭 뜯어낸다. 네모지게 썰린 어묵을 먼저 입에 넣고 오물오물 씹는다. 아, 어묵 냄새. 응? 어묵 냄새, 토할 것 같다. 뭐라고? 우욱. 어묵이 아니라 우욱, 이라니. 나는 못생긴 주제에 냄새까지 마땅치 않은 그것을 봉합해 아내에게서 최대한 멀리 귀양을 보내고 다시 아내 곁으로 돌아온다. 그리고 천천히 밀려오는 모종의 섭섭함을 느낀다. 입덧이란 대체 무엇이기에 사랑하던 모든 것들을 한순간에 음식물 쓰레기로 전락시키는 것인지. 입덧은 아무래도 배신의 아이콘이 아닐는지.

입덧이란 무엇인가. 죽었다 다시 태어나도, 여자로 태어나지 않는다면 알 수 없는 일. 이 싸움에서 나는 필연적인 패배자다. 이것은 감기도 아니요, 급체도 아니다. 고통에 대한 경험이 전혀 없으니 고통의 공감에 참여하지 못한다. 반대로 어디서 약을 파느냐, 엄살인 걸 다 알아, 모진 소리도 할 수 없다(미친 짓이지). 입이 짧아서 이것저것 많이 먹지는 못했지만 내가 좋아하는 음식은 최선을 다해 함께 먹어주던 여인은 이제 한 치 앞을 내다볼 수 없는 변덕을 부리는 속 불편한 존재가 되고 말았다. 그러나 입덧은 두 사람이 속삭이는 숭고한 속내다. 나는 그것에 충직한 신하가 되어 얼마든지 굴복할 것이다. 겨울에 딸기를 구해오고 여름에 호떡을 사오겠다. 당신의 명령이라면 명동 한복판에서 〈사미인곡〉을 부르며 탈춤을 출 수도 있다. 입덧은 거역할 수 없는 두 사람의 명령, 어디선가 나를 찾는 아내의 더부룩함이 들린다. 겸허한 마음으로 당신에게 간다. 그것이 무엇인지 정확히 알 수 없지만.

선뜻 내키는 대로

양수 검사라는 말은 처음 들었다. 숙제 검사 같은 건가? 검사는 사람을 떨게 만드는 재주가 있다. 나는 숙제를 잘 해가는 학생은 아니었다. 그렇다고 쉬는 시간에 친구 숙제를 재빠르게 베껴서 위기를 넘기는 아이도 아니었다. 굳이 따지자면 그날 선생이 숙제를 내준 것을 깜빡 잊고 넘어가길 바라는 유형이었다. 운수에 제 몸을 완전히 맡기는 것이다.

쿼드 검사가 먼저였다. 수치가 약간 높다고 했다. 높다, 낮다, 크다, 작다, 빠르다, 느리다…… 동사 앞에 자리하는 부사는 앞선 단어들을 흔든다. 흔들려서 초점이 흐려진다. 약간 높다는 건 무슨 뜻일까. 약간이니까 괜찮은 건지도 몰랐다. 아니다. 괜찮지 않을 수도 있다. 하지만 그런 생각은 약간도 하지 않았다. 약간이라는 말에 대해 여전히 자신은 없지만.

　수치가 아주 높지는 않지만 그래도 양수 검사를 받는 게 좋겠다고 의사는 말했다. 짧은 머리에 단정한 입매를 가진 여의사였다. 가운을 벗으면 같은 단지 아파트에 인상 좋은 아주머니라 해도 될 성싶었다. 나는 눈을 껌벅거리고 있었다. 작은 눈이라 껌벅거리기 쉬웠다. 아내 또한 그랬다. 아내 눈이 작은 편은 아니었지만 그날 우리는 유난히 눈을 자주 감았다 떴다. 단정한 입매를 골똘히 쳐다보면서.

　검사는 받지 않기로 했다.

　초음파는 다른 의사에게 받아야 했다. 정밀한 검사가 필요하다는 진단이었다. 정밀한 검사가 전공이라는 의사는 원래 곱슬머리인지 아님 미용실에서 펌을 한 것인지 머리카락이 심상치 않았다. '곱슬머리' 하면 내 머리도 만만치는 않다만 의사는 게다가 장발이었다. 그가 아까 피운 담배 냄새를 풍기며 말했다. 왜 양수 검사를 안 받은 거죠? 다음 검사까지 목둘레나 허벅지 길이가 이런 식이면 다운증후군이 거의 확실합니다. 우리는 서로의 눈을 쳐다보았다. 그의 담배 냄새가 흰자위로 파고들어왔다. 눈이 매웠다. 자욱한 최루탄이 깔린 대로를 바라보는 소년처럼 불안해졌다.

　정상 범위 안에 있네요.

그는 2주 후에 말했다. 돌이켜 생각해보면 이상하게 말이 짧았던 것 같다. 그는 웃지도 않았고 내 눈을 마주치지도 않았다. 느낌 탓일 것이다. 그럴 리가 있나.

어쨌든
검사를 받지 않길 잘했다.

검사 결과를 들었다면 우리는 모종의 판단을 내렸어야 했을 것이다. 괴로웠을 것이다. 검사는 다른 검사를 요구했겠지. 우리는 우리 부부의 마음을, 심장을, 사랑을, 미래를 샅샅이 검사했을 것이다. 아주 탈탈 털어서 풀풀 먼지가 날렸을 것이다. 우리는 콜록거리며 눈물을 핑계 대며 하기 싫은 숙제처럼 끝내 그 일을 했을 수도 있다. 그렇게 하는 사람은 많다. 그들을 비난할 마음은 없지만 그들과 같은 결정을 나 또한 선택했다면 나는 나를, 아내는 아내를, 그리고 우리는 서로를, 오래 두고서 바라보지 못했을 것이다.

대신 다른 검사를 평생 감수해야 할 것 같은 예감이다. 숙제는 했는지 공부는 잘하는지 건강은 유지되고 있는지 신용은 좋은지 검사하는 게 아니다.

나는 내 선택 아닌 선택이 온당하고 바름을 증명해낼 것이고 그 일을 성실히 잘하고 있음을 검사할 것이다. 날마다 '참 잘했어요' 도장을 찍으면 좋겠지만 그렇지 않다고 하더라도 삶은 은근한 지속에 더 가치가 있음을 어렴풋이나마 알고 있다. 결국 내키는 대로 사는 자가 이룰 일이다. 나는 이 일이 선뜻 내킨다.

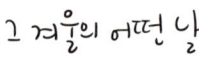

그 겨울의 어떤 날

    그날 저녁, 아내와 나는 텔레비전 앞에 정자세를 하고 앉아 곧 발표될 중차대한 조사 결과를 기다린다. 잘될 것만 같다.

    나흘 전 저녁, 우리는 손잡는 자세를 바꿔 깍지를 끼고서 인파 속으로 파고들었다. 싸구려처럼 보이는, 한 번 세탁하면 느슨하게 물이 빠져 원래 색을 금세 잊어버릴 것 같은, 그러나 그 자리에서 가장 많이 팔린 노란 목도리를 한 쌍 사서 걸쳤다. 아직 발끝이 시리진 않았다. 사람들은 홀린 것처럼 몽땅 거기에 서서, 널쩍한 광장에 좁게 바투 붙어서서, 노래를 부르고 춤도 췄다. 앞사람이 비키지 않는다고 투덜거리다가도 최소한 너는 나랑 같은 선택을 하는 사람이라며 흐뭇하게 서로를 믿어주면서 이 정도면 되었다고 딸기 아이스크림처럼 달콤하고 시린 설렘을 맘 가득 품고서. 그날 대열의 앞은 장애인들이 자리했다. 사회자는 장애인들이 앞에 있으니 무리하게 밀치며 앞으로 오지 마라, 몇 번을 당부했다. 선거가 주는 열정은 딸꾹질 같다. 멈추고 싶을 때 멈춰지는 것이 아니다. 멈출 수밖에 없을 때가 온다. 아니면 물먹거나. 우리는 자신도 모르게 삶의 처소로 되돌아가 있을 것이다. 연사 중에 누군가는 장애인등급제에 대해 이야기했던 것 같다. 앞줄의 장애인들이 외치던 구호도 있었다. 정확하게는 기억나지 않는다. 다른 소리에 가려 곧 사라졌다. 나는 연사가 나오는 순서에 약간의 불만을 갖고 있었지만 승리의 예감에 취해 발끝이 차가워진 아내를 돌보지 못했다. 그녀의 발끝이 아스팔트의 한기에 잠식당하고 있었다. 유명 가수가 애국가를 부를 때 아내와 나는 드디어 열정을 가라앉히고 뒤돌아 나왔다. 교보문고 지하에 주차된 차 안에는 미리 사놓은 유아 서적 몇 권이 봉투 바깥으로 비죽 튀어나와 있었다.

그날 밤, 아내와 나는 입맛이 떨어져서 저녁을 거르고 조금 더 텔레비전을 지켜보다가 이제는 다 틀렸음을 깨닫고 좀 벙벙하게 있다가 좀 더 후에 울다 이윽고 화를 내다 잠에 든다. 신물이 올라온다.

나흘 전 오후, 우리는 광화문 교보문고에서 책을 구경하고 막 태어난 아이들도 읽을거리가 있음을 확인했으며 부모로서 우리는 어떤 책을 아이에게 처음 읽어줘야 하나 설레는 토론을 했다. 책들은 지하 요새 같은 이곳에 숨어 약속 시간에 늦는 연인을 기다리는 이십대 여자, 몸을 녹이는 노인, 선물할 거리를 고르는 회사원, 수험서를 사러 나온 고시생, 참고서를 사러 온 학부모 중에 누구 하나라도 자신을 집어 지상으로 나가기를 기다리고 있었다. 오후 내내 뒤뚱뒤뚱 걷는 아내 손을 잡고 책들의 자세를 구경했다. 그것들은 대체로 꼿꼿했다.

그날 오후, 아내와 나는 땅콩이가 들어 있는 둥근 우주를 앞세우고 포부도 당당히 동네 초등학교에 갔다. 아내와 나는 거기서 30분 정도 기다렸다. 긴 줄이 몹시 반가웠다. 날씨가 추워 아내의 손에 연신 입김을 불어주었다. 누군가 손난로를 흔들었다. 마라카스 소리처럼 들려서 어쩐지 설렜다. 너무 설레서 오히려 걱정이었다.

다음날 아침, 버스를 타자마자 라디오에서는 또 그 소리였고, 누구나 다 알 수밖에 없는 소식을 아직 아무도 모르는 일인 양 호들갑이었다. 듣기 싫어 이어폰을 귓속 깊이 끼어버렸다. 아무렇게나 흐르는 음악 속에서 주위를 살피는데 50퍼센트가 약간 넘는 정도의 사람이 사람으로 보이지 않았다. 동시에 이제는 버스나 전철에서 자리 양보 따위는 하지 않으리라 하는 난삽한 다짐도 했다. 옆에 앉은 아주머니가 손난로를 흔들어 내는 소리가 날벌레의 날갯짓처럼 거슬렸다.

두 달 후, 아이가 태어날 것이었다. 또다른 삶이 이 땅에서 시작되는 것이다. 하필 이곳이라니, 기꺼운 마음이 들지 않음을 누구에게라도 이해받고 싶었다. 갑자기 먹고 싶은 음식처럼 이것은 옳고 그름의 문제가 아니었을지도 모른다. 우리만 옳다고? 저기는 그르다고? 그런 법이 어디 있나. 삶은 옳음과 그름과 하등 상관없이 그저 이어질 뿐이다. 광장에 있던 사람들은 모두 나와 같았을까. 세상의 반, 아니 세상의 반에서 약간이 더 많은 자들이, 혹은 거의 대부분이 당신의 적으로 보였을까. 그때 앞줄에 있던, 휠체어에 앉아 힘겹게 깃발을 흔들던 그들은 각자 집에 잘 도착했을까? 지난겨울은 유난히 추웠다. 그로부터 이 세상은 모두 같은 계절일 것만 같지만 어쨌든 살아갈 것이다. 이어질 삶의 윤곽은 지금까지의 그것보다 더 길고 넓으며 그 와중에 더 나아질 것들은 하나둘 끝내 나아지리라. 불편한 질감의 열정이 사라진 자리에 분명한 분량의 시간이 남았다. 겨울 뒤엔 봄이 오고 다시 몇 계절 후에 겨울이 오는 것처럼.

이틀 후, 고향에서 어머니가 전화를 걸어왔다. 나는 마침 술을 마시며 속이 상해 죽겠다고 다소 과장된 몸짓을 곁들이며 떠들어댔다. 주위가 시끄러웠다. 애기 혼자 두지 말고 일찍 다녀. 잘 들리지 않아 밖으로 나온다. 입김이 난다. 하얀 그것이 네온사인에 부딪혀 사라진다. 우리가 계절 앞 입김만도 못하게 느껴진다. 곧 추위 속에 사라질 것이다. 액체. 소량의 눈물. 내 것인가? 진짠가? 엄마가 말한다. 왜 우냐. 우린 87년에도 울지 않았다. 어떻게든 살면 다 살아지는 법이다.

십수 년 전, 고향의 어른들은 긴장된 자세를 하고 괜히 만청을 부리며 텔레비전 앞에 모여 앉았다. 무지렁이 같은 차림의 사람들이 잔뜩 주눅든 표정으로 카메라 앞에 서서는 차마 몇 마디 다 하지 못하고 들어갔다. 군인들이 나와 잘 모른다고 고개를 저었다. 거기에 훗날 대통령이 된 사내도 있었고, 텔레비전을 통해 그들을 보고 있는 고향 어른들이 있었다. 긴밀한 억울함을 오랜 시간 숨기고 살아야 할 것이라는 예감을 걸쭉한 사투리 속에 숨긴 자들. 누군가는 인터넷에서 또 누군가는 현실에서 손가락질하고 비아냥거리는 대상. 아직도 우리는 이렇다.

오늘에야 아내와 나는 정자세를 풀고 삶을 지속하기 위해 몸을 편다. 스트레칭을 한다. 삶은 계속될 거야. 튼 살 크림을 바른다. 배가 많이 나왔다. 어느덧 땅콩이가 세상에 나와도 이상할 것 하나 없는 시간이 되었다. 잘살아야 한다. 꽤나 장기전이 될 것 같다.

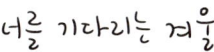

너를 기다리는 겨울

아가야, 너를 기다리는 겨울이야. 이번 겨울은 눈이 명동의 트리만큼 많이 내려. 아빠의 작은 자동차는 이리저리 흔들리기도 많이 했단다. 차가 조금 컸다면 동네 어귀에 있는 애꿎은 전봇대나 남의 집 착한 담벼락에 부딪혔을지도 몰라. 그렇다면 아빠는 차에서 튀어나와 타이어를 발로 차며 겨울이 내려보낸 하얗고 차가운 악마들에게 저주를 퍼부었겠지. 하지만 그런 일은 일어나지 않았어. 아가야, 네 덕인 것 같구나. 엄마는 너를 지키고 너는 아빠를 지켜주는 것 같다는 생각을 요즘 자주 하게 돼. 눈은 지치지 않고 내려서 방금 눈을 치운 자리를 다시금 차지하고 앉아서 천천히 가라고 오늘은 좀 쉬었다 가라고 안 되는 일은 안 되는 거라고 말을 건네는 것 같아. 그 말이 맞을지도 몰라.

엄마와 아빠가 연애를 할 때 말이야. 우리는 같은 학교에 다녔거든.

엄마는 공부를 곧잘 해서 내내 기숙사에 살았는데, 아빠 때문에 기숙사 통금 시간을 곧잘 어기기도 했지. 그런 건 중요한 일은 아냐. 맞다, 눈 이야기를 하고 있었지 우린. 그곳은 생각보다 눈이 많이 오는 고장이야. 남쪽인데도 그래. 엄마가 지내던 기숙사 앞에 눈이 무릎만치 쌓였어. 학교 일을 봐주시는 아저씨는 치우고 또 치워도 줄지 않는 눈이 원망스러워 집중력이 없는 수험생처럼 하늘을 올려다보고 거참, 눈 한 번 오지게 오는구먼, 하고 말았을 거야. 새벽이었어. 눈이 그득 쌓여서 그것들이 빛을 내는데, 캠퍼스는 구름의 호수 같았는데, 어떤 영화도 상영되지 않은 스크린 같았는데, 그땐 참 그랬는데 말이지.

동네 가까운 곳에 산부인과가 있어서 다행이었지. 그날도 눈이 왔단다. 차창이 얼어서 커피포트에 물을 데워 앞유리에 조심스레 부어야 했어. 얼음이 알몸을 보여주며 녹아 없어지더구나. 눈 알갱이는 참 예쁘게도 생겼지. 아직 남은 흔적들이 시야를 방해했지만 병원까지 가는 데는 문제없었어. 야외 주차장에 차를 세우면 오십 걸음에서 백 걸음 정도 걸어야 병원이었어. 추운 날은 엄마를 병원에 먼저 내려주고 아빠는 차를 세우고 그 길을 총총 걸었단다. 총기 그득한 바람이 똑똑한 야수처럼 몸의 빈곳을 찾아들어왔어. 엄마는 조심스레 계단을 올랐겠지. 아빠는 세 칸씩 네 칸씩 계단을 건너뛴다. 아가야, 너의 언니 오빠들이 각자의 부모 품에 안겨 있어. 그리고 아장아장 걷고 있어. 눈 알갱이보다 예쁜 아이들이 반짝반짝 빛나고 있어. 이곳에 오면 어쩐지 소리 없는 웃음이 비죽비죽 나와서 꼭 바보가 된 것 같아. 바보라는 말은 얼마나 좋으니. 바보야, 바보.

　기숙사 옆은 아마도 공대였을 거야. 세계 어느 곳이든 공대는 그 구역에서 가장 삭막하다는 전설이 있어. 진위 여부는 아직 가려지지 않았지만 그곳의 공대는 확실히 그랬단다. 우리는 둘 다 추운 걸 무척 싫어해서 두터운 내복을 소중히 챙겨 입는 편이었는데 그럼에도 불구하고 삭막한 공대 잔디밭에 깔린 흰 눈의 양탄자에 한번 누워봤어. 아빠는 목도리 속 목덜미가 점점 축축해지는 것 같아 얼른 일어났는데 엄마는 여태 눈밭에 누워서 그 자세로 먼 하늘을 바라보면서, 무슨 말인가를 했어. 아마도 아가야, 너의 외할아버지 이야기였거나 혹은 학점 이야기였거나 그것도 아니면 임용시험 이야기였을 수도 있지만, 나는 그 모습이 너무나 예뻐서 엄마의 자그마한 음성 같은 건 건성으로 흘려버리고 그 광경을 눈에 영원히 담아놓을 수 있도록 머릿속에 조각 하나를 새겼지. 엄마가 눈 위에 누워 있는 그 모습을.

　엄마는 초음파실에 얌전히 누웠어. 그날과 같은 자세로구나. 오늘은 정밀 초음파를 보기로 한 날이고. 아가야, 너의 팔과 다리가 콧대와 목둘레가 세상이 생각하는 평균적인 범위 안에 들기를 간절히 바라는 며칠이 오늘까지 이어졌단다. 두렵지는 않았어. 아가야, 뱃속에서 너는 장난스러운 아이가 되어 발을 동동 구르고 엉덩이를 이리저리 들썩이고 입술을 오물조물 움직였어. 우리는 그걸 믿기로 했다. 엄마는 좋은 걸 먹고, 듣고, 생각하려 노력했지. 생각보다 쉽지 않은 일이란다.

눈을 녹이듯, 간호사는 엄마 배에 젤을 바르고 그 위에 기계를 댄다. 여기에 땅콩이가 있구나. 입술과 코가, 귀와 입이 있구나. 심장이 뛰고 있구나. 엄마를 괴롭히는 발이 있구나. 발가락도 있구나. 앙증맞은 엉덩이도 여기 있네. 있구나, 땅콩이 네가 있어. 나는 있는 그대로가 너무 좋아서 그걸 가슴 깊이 새겨두기 위해 또다시 얌전하고 끈질긴 석공이 되어 아가야, 너를 본단다. 의사 선생님이 뭐라고 말을 하는데, 사실 못 알아들을 때가 많아. 아빠가 바보라 그런가? 걱정하지 않아도 되겠다는 그의 말에 엄마는 몹시도 기뻐했단다. 물색없이 우리는 복도에서 포옹도 했어. 엄마의 우주같이 커다란 배와 아빠의 살이 쪄 커다래진 배가 닿아서 엉뚱하고 어색한 포옹이 되었지만. 아직 녹지 않은 눈을 조심스레 밟고 주차장으로 갔단다. 손을 꽉 붙잡고 있었어. 엄마는 허리가 아팠어. 아가야, 네가 엄마 배 앞쪽으로 등을 대고, 엄마 등뒤쪽으로 팔다리를 하고 있었기 때문이라고 하더구나. 괜찮아. 유니크하다고 생각해. 역시 내 아가. 그사이에 아빠의 작은 자동차에 눈이 또 보들보들 쌓였지만.

아빠는 맨손으로 엄마 몸에 붙은 눈을 털어주었어. 엄마의 머리카락과 어깨에 도톰한 스웨터 카디건이 감싼 체온으로 인해 반쯤 녹은, 그러나 녹기를 끝내 저항하고 있는 눈이 바싹 달라붙었기 때문이야. 이토록 춥고 아름다운 날이 있다니. 나는 믿기지가 않아 눈을 한줌 먹어보았지. 이가 시렸어. 기숙사로 들어가는 엄마의 뒷모습을 오래 보고, 매너 있게 끝까지 남아 손을 흔들었어. 아, 추워, 추워 죽겠네, 뭐가 이

렇게 추워, 이제까지 나오지 않던 대자연에 대한 불평불만이 입 바깥으로 쏟아져나왔어. 잠시 멈췄던 눈이 다시 펑펑 내리더구나. 버스는 올 생각을 하지 않는데 지상에 차례차례 내려앉는 눈이 말을 건네는 것 같아. 오늘도 잘했다고, 최선을 다해 사랑하길, 녹을 줄 알면서도 세상에 내려오는 눈처럼.

아가야, 너를 기다리는 겨울이야. 겨울이 끝날 무렵 너는 오겠지. 처음 눈을 밟아보는 더운 나라의 사람처럼 기분좋게 놀라며 오겠지. 정해진 시간에 따라 조심히 그리고 천천히 최선을 다해 아장아장 오겠지. 아가야, 나의 아가야.

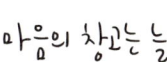

마음의 창고는 늘

 준비해야 할 것들이 많았다. 엄마 아빠만 몸 건강, 정신 건강하면 되는 게 아닌가. 굳이 더 따지자면 아빠도 없이 엄마만 있으면 애는 자연스레 나오는 것으로 알았다. 모조리 틀렸다. 하나의 삶이 시작되는 참이었고 자본의 공격은 이미 시작되었다.

 우리는 창고를 개조해 만든 할인 매장에 가 매장 곳곳에 도사린 찬 기운 사이로 자그마하고 몹시 귀엽고 동시에 꼭 필요한 것 같지만 딱히 그런 것 같지도 않은 물건들을 둘러본다.

 배냇저고리, 발싸개, 겉싸개, 속싸개, 턱받이, 양말, 손톱깎이, 젖병, 젖꼭지, 젖병 세정제, 좁쌀베개, 카시트, 유모차, 가제수건. 아 그리고 또 뭐였더라. 딸랑이, 오뚝이, 모빌, 바운서……

내가 카트에 담으면 아내가 카트에서 그걸 빼내고는 했다. 그렇게 하지 않았으면 그달의 카드 값은 아마도 수입을 상회했을 것이다. 싸다고 해서 찾아간 곳에서 본 가격표에 벌써부터 놀랐으니, 앞으로의 일정 또한 험난할 것이 자명했다. 하지만 그게 다 무어야, 나는 진즉 잊었다. 한기가 도는 창고형 매장에 놓인 모든 옷과 장난감과 육아 용품들의 곁에 아내 배에서 곤히 자고 있는 땅콩이를 깨워서 눕히고 앉혀 보았다. 머릿속에 귀여운 아기가 오물조물 그것들을 입고 벗고 물고 빠는 모습을 그렸다. 처음 전기가 들어오는 마을의 노파처럼 울긋불긋한 홍조가 든다.

가장 좋은 것을 사주고 싶다.
부족한 것이 없도록 해주고 싶다.

이제 막 형광등을 켠 마음이 빛을 끔벅끔벅한다. 마음에 창고가 생겼는데 아무리 채워넣어도 텅 빈 것 같다. 마음의 창고는 늘 배고프다. 육아 용품을 파는 창고 안에 또다른 창고들이 들어와서 물건을 고르고 웃고 떠들고 고민하여 계산한다. 나도 거기에 있었다. 이미 창고가 된 우리는 결국 텅 비게 될 수밖에 없다. 그럴 줄 알고 아이를 기다리고 키울 것이다. 어쩐지 아이를 키우는 일 자체가, 반복되는 노동의 전형일지도 모른다는 생각이 든다. 수당과 퇴직금이 없는 노동.

매장을 나오면서 작은 차에 오늘 산 것들을 억지로 밀어넣고 아내와 국수를 먹으러 갔다. 뜨끈한 잔치국수 면발이 속에 들어가 창고를 푸지게 채운다. 속이 따뜻해진다. 계산대 앞에서 망설이다가 빼버린 겉싸개와 너무 비싸 그냥 지나쳤던 유모차가 미끄러지듯 마음의 창고를 빠져나가고 국수와 국물이 거기에 들어온다. 아이에게 절실한 준비물은 아이를 담아 배가 부른 아내와, 곱빼기 국수를 먹어 배가 부른 아내의 앞사람. 일단은 거기에서 시작된다.

국수 들어가는 소리를 부러 내본다. 이건 노동이 아냐, 삶이지. 국물을 삼키는 소리가 삶, 삶, 한다. 생각보다 부드럽고 간절하며 든든한 소리. 국수로 배가 채워진다.

그러자 우리의 준비는 다 된 것만 같았다.

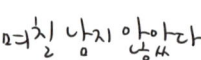

며칠 남지 않았다

아이가 생기면 먼저 성장촬영을 예약한다고 한다. 100일이 되기 전에 돌잔치 예약을 하고 돌 즈음이 되면 어린이집 대기를 걸고, 어린이집에 입학하면 유치원을 알아보고, 유치원생이 되면 초등학교에 들어갈 준비를 할 것이다. 그중에 가장 처음이 산후조리원 예약이었다. 간단한 검색 후에 집에서 가장 가까운 산후조리원에 상담하러 갔다. 이런 경우에 마음이 약한 우리 부부는 처음 간 곳을 떠나지 못하고 앉은 자리에서 계약금을 척 건네고는 하는데, 그날도 마찬가지였다.

신발을 벗고 푹신한 슬리퍼로 갈아 신고 깨금발을 하고는 조심스럽게 복도를 지나쳤다. 복도가 끝나자 막 태어난 아가들이 줄을 맞춰 누운 신생아실이 나타났다. 신생아실 건너편에는 산모실이 있었다. 휴게실도 살펴보았다. 시설은 좋아 보였다. 나는 무엇보다 오밀조밀 모여서 각자 다른 모양으로 잠들어 있거나 깨어 울고 있는 아이들이 좋았다. 아이를 안고 있던 분은 나와는 아무런 상관이 없는 아이를 내 쪽을 향해 슬쩍 돌려주었다. 그렇게 작은 아이를 실물로는 처음 보았다. 아이는 눈을 꼭 감고 있었다. 감은 눈매가 예뻐서 아이쿠, 예뻐, 예쁘다, 소리를 내었는데 유리 너머로 울렸는지 어쨌는지 아이가 살짝 웃어주는 것이었다. 배냇짓을 하는 거예요. 안내해주시던 분이 같이 웃으며 말씀하신다.

  배가 불룩 나온 아내가 뒤뚱뒤뚱 걸으며 반신욕을 할 수 있다는 욕실로 간다. 아기들은 몸에 꼭 맞춘 욕조에 따뜻한 물을 채우고 몸을 반쯤 띄운 채 휴식을 취하고 있는 것처럼 편해 보인다. 아내는 그런 휴식을 좋아한다. 우리가 사는 집의 화장실은 그야말로 누고 씻는 일밖에 할 수 없는 구조다. 조금만 참고 다음 집으로 이사를 하면 꼭 욕조가 있는 집을 구해야지. 향긋한 입욕제를 풀고 몸을 녹일 것이다. 조그마한 아이와 함께 물놀이를 하는 것도 좋겠다. 첨벙첨벙 물을 튀기면 방금 받은 물보다 깨끗한 웃음소리가 터질 것이다. 산후조리원은 평화로운 물속처럼 보였다. 반신욕을 마음대로 할 수 있다니. 고민할 일 없이 바로 예약을 했다. 늦게 알아봐서 자리가 없을까 걱정했는데 다행히 예정일에 들어올 수 있겠다고 탁상달력에 형광펜으로 밑줄을 그으며 그녀는 말했다.

  출산 예정인 회원들에게 마사지 서비스가 있다고 했다. 수유 교실도 무료로 수강하게 해준다니 그제야 아이를 맞이할 시간이 왔다는 실감이 났다. 집에서 산후조리원까지 가는 길에는 우리가 세탁기와 텔레비전을 산 가전제품 대리점이 있고, 전세 대출을 받은 은행 365코너가 있다. 횡단보도를 건너면 언덕을 끼고 초등학교가 있는데 우리 아이가 초등학생이 되어 신발주머니를 휘휘 돌리며 뛰는 모습을 상상하면 없던 보조개가 생겼다. 우리는 갑자기 생긴 보조개를 볼에 붙이고 초등학교를 지나쳐 온다. 아직 공기가 차고 날은 흐리다. 눈이 올지도 모른다. 아내는 곧 마사지를 받아야겠다고 말한다. 눈이 많이 와서 몸이 굳어 있다고. 아이에게는 엄마 몸이 세상에서 가장 부드러운 물체여야 하니까.

마사지는 받았고 수유 교실은 가지 못했다. 두 번 받기로 한 서비스 중에 단 한 번을 받았을 뿐인데, 아내는 기분이 매우 좋다고 하였다. 누군가 정성스럽게 자신의 몸을 만져주는 게 좋다고 긴장이 풀렸다고 했다. 나는 오른손으로 왼 어깨를 주물러본다. 잔뜩 굳은 어깨. 나는 어쩐지 더욱 긴장이 된다. 며칠 남지 않았다.

그리고 다음날.

2부 셋의 정적

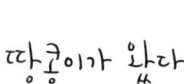

땅콩이가 왔다

기억 중 가장 오래된 것은 어머니의 출산이다. 어머니는 말씀하셨다. 짜장면이 싫다고. 물론 거짓말이다. 어머니의 식성을 기억하는 아들이 얼마나 있겠는가. 기억은 오래될수록 수염을 기른 문중 어르신처럼 완강해진다. 그것에는 서사도 없고, 구체도 없다. 남는 건 희미한 장면뿐이다.

둥근 배
파란 빛
병원 침대
누워 있는 엄마
나를 안으려고 했던 엄마
엄마의 땀

나는 그저 침대가 신기해서 자꾸 엄마 옆에 눕고 싶어했다. 엄마는 아마도 간헐적인 진통에 시달렸을 가능성이 크지만 겨우 네 살이던 나는 약간의 떼를 쓰는 방법으로 어렵지 않게 침대 위 엄마 오른쪽 자리를 차지할 수 있었다. 엄마의 겨드랑이가 젖었다. 땀이었을까? 나는 거기에 코를 묻었다. 엄마에게서 흘러나온 보드라운 액체. 거기에서부터 내 인생의 퍼즐은 시작되지만 완성되진 않는다. 맞췄다 생각되는 퍼즐도 사실 오답일 가능성이 크다. 기억이란 게 원래 그런 것이니까. 몇 시간 후에 동생은 태어났을 테지만 엄마의 땀 그 이후의 모든 것은 완전히 사라졌거나 별 수 없이 뒤죽박죽이다.

몇 가지 기억이 온전하지 않다.

땅콩이가 세상에 온 날.

세상 없던 것이 생기는 순간

남자가 출산의 고통을 설명할 방법은 없다. 태어나면서 못지않은 고통과 희열을 맛본다고는 하지만 알 게 뭔가. 기억이 안 나니 증언할 방법이 없다.

아내는 괜찮은 듯 병원에 갔으나 곧이어 많이 아파했다. 나는 얼른 무통 주사를 놓아주라고 거의 빌다시피 간절한 눈빛을 보냈다. 그때 나와 눈이 마주친 의사 선생님은 유력한 종교의 현명한 지도자처럼 보였다. 아내가 진정하자 나는 아내의 귀에 대고 속삭였다.

"자, 다음에는 내 머리칼을 잡아당겨봐. 위로가 될지도 몰라."

아내가 뒤이어 말했다.

"안 웃겨. 그리고 곱슬머리라 싫어."

약간의 평온을 찾은 후, 우리는 분만실로 자리를 옮겼다. 예정일보다 일주일 빠른 출산이었다. 거기에는 아내와 나와 곧 세상에 나올 아이, 이렇게 셋뿐이었다. 나는 그 사실이 무척 미쁘게 다가왔다.

곧 통증이 시작되었고 그렇게 시간은 흘렀지만 그것이 5분인지 5시간인지 알 수 없었다. 간호사와 의사가 힘을 주는 요령을 말했다. 아내는 힘이 센 사람이 아니지만 최선을 다하고 있었다. 힘을 나눠 주지 말고 집중해야 한다고 했다. 아내는 그렇게 하려고 한다. 머리나 허리에 힘을 주지 말고 아래에 주라 했다. 아내는 그렇게 하려고 노력한다. 호흡을 잘 가다듬으라고 한다. 아내는 흐트러진 호흡을 가지런히 하려 애쓴다. 아이를 도와주지 않으면 아이가 힘들다고 말한다. 아내는 고통에 겨워 난생처음인 소리를 낸다. 아이의 머리가 보인다고 말한다. 거의 다 되었다고 한다. 아내는 탄생에 바투 붙은 죽음으로 향하는 것처럼 보인다.

그런 순간이 있다. 세상에 없던 것이 생기는 순간. 사람의 몸에서 다른 사람이 빠져나오는 순간. 내가 다시 태어나는 순간. 하나의 존재로 말미암아 내가 완전히 다른 존재가 되는 순간. 순간이 아닌 순간. 그 순간.

아무런 소리가 들리지 않는다. 정적이다.
출산의 고통을 남자가 설명하려 들다니, 건방진 생각이다.
나는 외로웠다.

분만실에서 아내는 어머니의 그것과 비슷한 땀을 흘리고 나의 아이는 세상에 머리를 내밀려 고군분투하고 간호사와 의사는 기합을 넣었다. 나는 외로웠다. 고통스럽지는 않았지만 무서웠다. 정적 속에서 뭔가 하나라도 잘못될까봐. 그것이 내 탓일까 싶어서. 내 존재 탓일까 의심이 되어서 두려웠다. 제발, 복도에 나가면 제발, 같은 공간에서 같은 일을 겪은 내 여동생이 병원 의자에 앉아 있었으면 좋겠다. 언니의 뒤를 따라 그곳에서 세상에 나온 처제가 같은 곳에 있으면 좋겠다. 나는 외롭고 두려웠다. 무엇보다 엄마가 있으면 좋겠다. 장모님이 있으면 좋겠다. 괜찮다고, 잘하고 있고, 걱정할 것은 무어 하나 없다고 말해주면 좋겠다. 어깨를 두드려주면, 아니 꼭 안아주면 좋았겠지만.

출산일을 일주일 당긴 평일 아침의 분만실에는 다른 이의 가족과 우리 셋뿐이었다. 나는 그 사실이 몹시 황량하게 느껴졌다.

못난 남자가 외로움과 두려움을 교차시키고 있는 사이에
진짜 정적.

그때 네 표정을 기억해

아가야, 아침이 밝은 지 오래되었는데도 날은 어두운 것 같았어. 어떤 수치나 계량기로도 잴 수 없는 짧은 순간을 거쳐서 그러니까 정적, 그래 정적이 좋겠다. 정적 후에 네가 나오고 아빠는 드디어 아빠가 되었어. 너는 머리부터 엄마 몸을 빠져나와 아마도 오늘 하루 몇 명의 아이를 받아낼 의사 선생님의 손에 안겨 엄마의 가슴팍에 놓였단다. 무능한 학생이 수학 시험지를 대하는 것처럼 아빠는 요것은 글자고 저것이 종이인가? 혹은 이것이 아기고, 이것이 침대 시트인가? 그랬어. 내가 가장 사랑하는 사람의 품에 내가 또한 가장 사랑하게 될 네가 안겨 있는 장면이었는데도.

아가야, 네 할머니는 늘 말씀하셨지. 아빠가 태어나자마자 머리숱이 얼마나 많던지, 병원 간호사에게서 참빗을 빌려 머리를 빗어주었다고.

무슨 그런 디테일한 거짓말이 있느냐고 손사래를 쳤지만 그래, 꼭 네 머리카락이 그러하여 아빠는 놀라고 말았지. 처음 본 모든 것들이 너를 놀라게 할 것이 분명하고 그래서 눈을 꾹 감은 네가 빽빽 울 거라 생각했지만 앞선 정적을 너는 지키고 있었단다. 아빠의 손엔 좀 전에 간호사가 건네준 가위가 덜덜 떨며 빽빽 울고 있었지. 어쨌든 나는 탯줄을 잘라내었단다. 참빗을 가진 간호사는 아마 없었을 테니.

아가야, 그때 아파서 울지 못했니? 엄마 배 위에서 눈을 동그랗게 뜨고 아빠를 쳐다보던데, 기억나니? 나는 그 눈빛을 정확히 기억해. 아픈 사람의 눈. 아가야, 아픈 사람의 눈이어서 그렇게밖에 생각되지 않아서 아빠는 엄마와 의사를 번갈아 쳐다보았단다. 그리고 탯줄을 잘랐어. 자르기 좋게 탯줄을 고정시켜주는 간호사들의 손이 다급해보였어. 어둠과 정적이 사라지지 않고 그대로 남아 있었고 너는 어디론가 가야 했지. 내 손엔 아직도 가위가 들려 있었는데 간호사는 그걸 회수할 생각도 미처 하지 못하고 필시 다른 급한 일이 생긴 것 같았는데, 아가야, 너는 색색 숨을 몰아쉬며 아빠를 보고 있었지.

아가야, 아빠는 그때 네 표정을 기억해. 지금도 네가 울기 직전에, 배고파서 징징거릴 때, 몰려온 잠에 투정을 부릴 때 그런 표정이 나오기도 하지만 비슷할 뿐이야. 그때 너의 마음을 알 수 있다면 아빠는 단숨에 살고 한숨에 사라지는 미생물이 되어도 좋을 텐데. 태어난 아기가 울지 않자 분만실은 조용하고 쓸쓸한 동굴이 되어버렸어. 네가 사라지고 나자 그나마 동굴을 비추던 한줄기 빛도 없어진 것 같았지. 너는 어디론가 갔는데 어딘지 몰라서…… 그 어디가 어디일까. 이제까지는 내가 사랑하는 여자의 배에 있던 네가 어디론가 가버리고 거기엔 정적의 순간이 순식간에 모여 천천한 영원이 되려 하고……

그건 안 될 일이지.

괜찮아, 잘 왔어

들리지 않아도 될 말이 들리는 경우가 있다. 말이란 게 참 신통해서 들어야 할 말은 결국 어떤 식으로든 귀에 들어온다. 들리지 않아도 되었지만 결국 듣게 될 말을 나는 꽤나 일찍 들었다. 나는 분명히 들어버린 몇 문장을 애써 듣지 않은 척하려 정적을 끌고 와 그 안에 몸을 옹송그려 숨었다. 볼썽사나운 온갖 종류의 겁이 몸의 외피를 뚫고 들어왔다.

다운 같지?
네 그런 것 같아요.
생긴 게 그렇지?
얼른 데려가.
얼른.

의사는 경험이 많아 보였고, 그의 판단이 틀릴 것 같진 않았다. 아이는 의사의 판단에 따라 분만실을 급히 떠났다. 아이가 그대로 어딘가로 떠나버릴 것 같아 몹시 두려웠다. 나는 아무런 판단도 내릴 수 없었다. 의사의 판단과 판단에 의한 짧은 대화를 아내는 듣지 못했다. 그게 아팠다. 동시에 다행이었다.

꼭 해야 할 말들이 있다. 말이란 게 참으로 신비하여 간절하게 내뱉은 말은 결국 그대로 이루어지기 마련이다. 말은 비슷한 다른 말과 손을 잡고서야 방향을 갖는다. 말은 사라지지 않는다. 말은 조타대의 명령에 따라 우직하게 간다. 진동을 남기고 의미를 새기면서. 나는 옹송그리고 있는 몸을 펴야 했다.

괜찮아.
아이가 예뻐.
여기에서 기다릴래.
조금 있다가 내가 다시
데리고 올 거야.

병원의 안내에 따라 복도로 나섰다. 방금 세상에 나와 어디론가 사라졌던 아이가 인큐베이터에 실려 숨을 고르고 있었다. 아이와 나는 구급차에 타야 했고, 그전에 몇 가지 동의서에 사인을 했다. 혼란스러운 와중에도 관계를 묻는 칸에 '아버지'라고 쓸까 아니면 '父'라고 쓸까 고민했다. 그렇게 아버지가 되어버린 것이다.

 말과 말이 모여서 대화가 된다. 대화는 인사에서부터 시작한다. 처음 만나는 사람에게는 더욱 그렇다. 나는 처음 만나는 꼬마 아가씨에게 인사를 건네야 했다. 온 세상을 대신해 던지는 환대. 유리관 너머로 방향을 잡아 단단한 근육을 지닌 말을 보낸다.

 안녕, 아가야.
 괜찮아?
 잘 왔어.

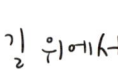

길 위에서

앰뷸런스를 탄다.

운전면허를 늦게 딴 편이다. 서른이 되기 직전에 면허를 받았다. 면허가 없던 이십대 시절, 운전이나 자동차 이야기가 나오면 왠지 남성성이 축소된 인간이 된 것 같아 목소리가 작아지곤 했었다.

운전이라고는 생각지도 못했던 스무 살, 미팅을 하게 되었다. 그녀들은 내가 사는 도시 바깥에 있는 D대학교에 다녔는데 공부를 썩 잘하는 친구들이 가는 학교는 아니었다. 만나기도 전에 이런 생각을 하는 내가 유치하고 재수가 없었지만, 반대로 그렇기 때문에 내가 다니는 학교 애들보다는 예쁘지 않을까 기대도 했다. 역시 유치하고 재수가 없는 생각이다. 특이하게도 도시 외곽에 있는 구청 앞이 약속 장소였다. 사는 곳에서 멀지 않은 곳이기에 별 불평 없이 그곳에 나갔다.

　봄에서 여름으로 날씨가 옷을 갈아입는 중이었다. 겨드랑이에 땀이 보일락 말락 한 날씨였다. 햇볕을 등지고 그녀들이 나타났는데, 걸어온 것은 아니었고, 새하얀 중형 세단에서 내리는 것이었다. 소나타3 아니면 뉴프린스 정도였을까. 나랑 친구는 심지어 자전거 한 대를 둘이서 타고 왔는데. 친구가 들고 서 있는 자전거가 무람없어 보여 혼났다. 안녕? 아, 안녕. 뭐해? 타! 응? 으응. 새벽녘 선착장에서 새우잡이 배에 오르는 시골 청년처럼 벙벙했다. 벙벙하게 차에 탔다. 내가 원래 D대학교를 무서워했던가. 중학교 때 내게 2만 원을 뺏어간 무서운 누나들이 다시 나타난 건 아닐까. 이 미팅을 주선한 동기 여자애는 대체 무슨 생각이었을까. 생각이 있는 친구일까. 나와 친구는 중형 세단 뒷좌석에 앉아 오들오들 떨고 있었고, 그녀들은 앞자리에서 차창에 팔을 걸친 채 뻐끔뻐끔, 담배('디스 플러스'였던 것 같다)를 피웠다.

　차는 달렸다. 광주에서 나주로 우리는 갔다. 차는 신호도 커브도 많은 길을 경주하듯 달렸다. 운전대를 잡은 그녀는 한 손으로는 담배를, 한 손으로는 핸들을 잡은 채 교통신호와 제한속도를 하찮게 여기며 종종 우리에게 말을 걸어왔다. 기억나는 대사는 "우리 그렇게 나쁜 여자들 아냐".

　나쁜 여자가 아닌 그녀가 목적지로 선택한 곳은 나주 팔각정. 생애

처음 맞이한 미팅 장소가 나주 팔각정이라니, 내 얼굴은 나주 곰탕처럼 말갛게 변해갔다. 팔각정에서 커피 한잔을 마신 우리는 영광통 근처 노래방에 갔다. 나는 '플라이 투 더 스카이'의 노래를 불렀다. 기왕 이렇게 된 김에 노래 연습이나 하자는 생각이었으나, 1절이 끝나기가 무섭게 그녀 중 하나가 종료 버튼을 눌렀다. 2절 끝에 고음 하이라이트가 있는데! 순간 모든 시간을 종료시키고 싶었다. 하지만 시간은 천천히 흘렀고 한참 후 날이 저물고 그럭저럭 맥주까지 홀짝인 다음 각자의 길로 갈 수 있었다. 물론 다시 만날 일은 없었다.

가끔 그때 차에 앉아 있던 내가 생각난다. 나는 내가 운전을 했으면 좋겠다고 생각했다. 그들보다 천천히 안전하게 갈 수 있을 것이다. 맘만 먹으면 내가 훨씬 빠르고 과격하게 차를 몰 수 있을 것이다. 그날 이후 9년이 지나서야 운전대를 잡게 되었지만 그땐 그랬다.

산부인과에서 종합병원까지는 택시비로 5000원이 나오지 않는 거리였다. 앰뷸런스는 그 구역의 신호에 모두 걸려 멈춰 서는 것 같았다. 사이렌 소리가 울리는데 차들은 묵묵하게 제 갈 길을 갔다. 내가 운전대를 잡았으면 비상등을 켜고 경적을 울리면서 병원까지 돌진할 텐데. 앰뷸런스는 이리저리 흔들리며 과속방지턱을 함부로 넘으며 달렸다. 인큐베이터가 흔들리자 아이의 작은 몸이 풀썩거리는 것 같았다. 내가 운전대를 잡았으면 차가 흔들리지 않게 조심스레 핸들을 돌리며 균형을 잘 잡을 텐데.

앰뷸런스는 종합병원에
무사히 도착했다.

Down Syndrome

아이가 태어난 병원에서 의사는 말했다. 자연스럽게 가는 게 좋지 않을까요. 의사는 여자였고 누군가의 딸이자 누군가의 어머니였다. 보통의 입장에서 조심스러운 선의를 비추는 말이었다. 그 말이 무슨 말인지 듣고 바로 알아채지 못했다. 다운증후군을 가진 아이는 심장 기형을 안고 태어나기가 쉽다. 은재도 그러했고, 태어나자마자 호흡에 곤란을 느꼈다. 무엇이 자연스럽지? 나는 아이가 숨을 쉬고 울고 웃는 게 자연스러운걸.

할아버지가 돌아가신 날, 나는 이상한 예감에 시달렸다. 농구공을 튕기면서 걷는데 공이 자꾸 다른 곳으로 가버렸다. 서태웅과 송태섭을 그리며 갈고 닦아온 드리블 실력인데 참 이상도 하지. 농구공이 남의 집 대문까지 굴러갔다. 공을 줍고 고개를 드는데 대문에 붙은 흰 종이,

'喪中'. 오늘은 참 이상하게 마음이 검정색이야, 싶었다. 마침 한자 시험 준비중이라 무슨 글자인지 금방 알아챘다. 사람이 죽었구나. 할아버지가 생각났다. 남은 등굣길 내내 죽음에 대해 생각했다. 죽음, 죽는 것, 떠나는 것, 할아버지가 떠날 것 같다는 생각. 할아버지는 후두암을 선고받고 수술 후 항암치료까지 이겨낸 강골이었다. 그러나 괴이하게도 그날은 할아버지가 영영 가버릴 것 같았다. 아침에 본 하얀 종이, 거기에 적힌 시커먼 한자가 주변을 맴돌았다. 내가 직접 써야만 사라질 것 같은 무거운 표의문자 덩어리가 보였다.

몇 시간 후 교무실에서 날 찾는다.
나는 자연스레 책가방을 먼저 챙겼다.
부고가 올 것 같은 검정색 마음 때문이었다.

심근경색은 자연스러운 죽음의 방식일지도 모른다. 할아버지는 크게 고통을 겪은 것 같지는 않았다. 차갑게 누운 할아버지를 초등학생이던 동생은 안고 쓸고 엉엉 우는데 나는 차가운 질감이 이물스러워 괜히 벽을 쿵쿵 치며 우는 소리만 내었다. 글쎄, 나는 무서웠던 것 같다. 여기 누운 것은 더이상 할아버지가 아니며 할아버지는 없고 할아버지를 다시 만날 수 없다. 나는 최대한 '있던 사람의 부재함'에 집중하고, 거기에 적응하려 했다. 울어서 되는 일은 아니라고 생각했다. 무서움으로 울음을 대신했다. 그러나 야트막한 선산에서 서서히 관이 내려갈 때에는 더이상 참을 수가 없었다. 짠 눈물이 펑펑 나왔다. 벌써 적

웅이 된 것 같아 미안한 마음이었다. 나는 할아버지를 사랑했고 할아버지는 사랑에 사랑을 더해서 나를 사랑했으므로.

할아버지는 한글을 막 뗀 여섯 살 손주를 데리고 완행열차를 자주 탔다. 단둘이 가는 기차 안에서 나는 숱하게 지나가는 기차역 이름을 크게 외치며 읽었다. 목포, 일로, 다시, 무안, 학교, 고막원, 학다리, 송정리…… 할아버지는 기차에서 내렸고 나는 기차에 남아 다음 역으로 갈 것이다. 나는 손을 흔들었다. 잘 가요, 할아버지.

다운증후군 같다는 말을 분명 들었다. 나는 그것보다는 '없던 사람의 존재함'에 집중하려고 애썼다. 애썼다는 말은 실패했다는 말과 가까운 거리에 있다. 글쎄, 나는 무서웠다. 이렇게 자주 무서워서 되겠나 싶지만 무섬증으로 무장하지 않으면 버티기 힘든 시간이었다. 삶, 사는 것, 태어나는 일, 태어나서 손과 발을 움직이는 작은 몸. 그것이 존재의 세상에서 부재의 세계로 급히 떠나버릴까 두려웠으니.

아이와 나는 앰뷸런스에서 내린다. 아이는 바로 응급처치를 위해 떠나고 나는 접수를 위해 남는다. 손을 들어 펜을 잡는다. 주민등록번호를 적어야 한다. 뭐였지? 다음 역이 바로 코앞에 있는 것 같았다. 아무도 내리지 마. 엄마랑 아빠랑 가야 할 곳이 아직 많아. 나쁘고 못난 생각이 연거푸 들어서 고개를 흔들다가 주민등록번호를 까먹었다. 아무리 떠올려도 기억이 돌아오지 않는다.

당신은 누구요? 나는 누구지?
여기에 존재해 있는 우리는.
우리가 존재하는 여기는.

여차저차 겨우 접수를 마쳤다. 집중치료실 앞에서 보호자의 신분으로 간호사의 호명을 기다린다. 이름이 들리고 급한 발걸음을 주저하며 옮긴다. 손을 씻고, 비닐 옷을 걸치고 조심스레 아이 앞에 선다. 방금 아이가 완행열차에 탔다. 꽤 오래 달릴 것이다. 나와 같은 자리에 앉아 같은 창문을 보며 가야 할 것이다.

반가워, 새로운 존재. 우리는 이상하고도 자연스럽게 여기에 같이 있구나.

아이의 자리 위에는 아내의 이름 뒤에 '아가'라고 덧붙여 있었고 영어로 이렇게 적혀 있다.

Down Syndrome

녀석은 나에게 진짜로,
새로운 존재인 것이다.

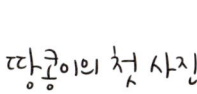

땅콩이의 첫 사진

아내가 메시지를 보냈다.
휴대전화를 내 쪽으로 든다.

땅콩이가 가버렸어.
꿈을 꿨는데 멀리 가버렸어.
나는 괜찮아. 행복했어.

무슨 바보 같은 소리인지 나는
화가 나서 견딜 수가 없었다.
하지만 화를 낼 수는 없었다.
답장을 보낸다.

그럴 일은 없을 거야.
아이가 예뻐.
사진을 찍을 거야.

나는 메시지를 보내고
휴대전화를 아이 쪽으로 향한다.

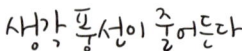

생각 풍선이 줄어든다

초등학교에 다닐 때다. 나이를 가늠하기 어려웠고 짧은 머리에 뚱뚱했으며 언제나 웃는 표정을 짓는 여자였다. 학교가 파하고 집에 가는 골목에서 가끔 마주쳤는데 삼삼오오 걷는 아이들 곁에 따라붙어서 웅얼웅얼거리며 웃고는 했다. 어쩌다 콘 아이스크림이라도 손에 들린 날에는 목이 늘어난 티셔츠에 아이스크림을 흘리고 묻혀서 아이들은 더럽다, 더러워 침을 뱉고는 했다.

바보가 나타났다.
헤헤 웃으며 손을 내민다.
손바닥에는 동전이 햇빛을 받아 반짝거리고 있었다.

어버버버…… 그 아인 그냥 웃는다. 돈을 달라는 이야긴가? 돈을 가져가란 이야긴가? 걸음을 빨리하니 뒤뚱뒤뚱 뛰면서 쫓아온다. 천천히 걸으면 숨을 몰아쉬면서 자기도 따라 천천히 걷는다. 왜 따라와? 언제까지 올 건데? 그녀가 대답을 했던가. 했을 것이다. 나는 그저 그녀에게서 멀리 떨어지고 싶어서 대답도 듣지 않고 훌렁훌렁 걸었다. '너 따위가 감히 나에게 말을 걸어!' 그렇게 생각했을 수도 있다.

더러운 소문이 돌았다. 소문은 말들의 공기를 더해 터지기 직전의 풍선처럼 부풀어올랐다. 고학년 형들이 문제였다. 터져버린 풍선의 조각처럼 바보 아이는 어디론가 사라졌다. 그딴 더러운 이야기는 어서 잊고 싶었다. 우리 모두의 비밀은 서서히 잊히고 더이상 비밀이 아니게 되었다. 어린 우리는 쉽게 악마가 되었다가 그것보다 쉽게 천사가 되었다. 그 아이는 악마도 천사도 아닌, 그냥 바보였다. 말 못하고 이상하게 걷고 눈이 찢어져 커다란 메기처럼 생긴, 우리와는 다른, 어떤 존재.

·

아이가 예쁘다고 말하고 나는
가쁜 숨을 뱉고 마시는 아이에게 나는
휴대전화 카메라를 들이대고 나는

악마와 천사를 생각했다. 내 아이가 장애를 안고 태어났다는 사실을 받아들이지 못해서. 동시에 이 아이가 내 아이라는 사실이 기뻐서. 심장과 머리가, 온몸이 반으로 갈라져 서로 싸웠다. 생각의 싸움이었다. 영원히 비밀로 하고 싶은 싸움이었다. 못돼먹은 생각 풍선이 하루에 1센티씩 줄어들었다. 그 풍선은 한때 터지기 직전까지 부풀어올랐었다. 나는 몸을 움츠렸다. 몸을 움츠린 아이가 발가락을 꼬물꼬물, 꼬물꼬물, 꼬물꼬물, 꼬물.

존재한다. 나와, 아기, 그리고.

신은 실수하지 않는다

다운증후군은 통상 스물한번째 염색체가 하나 더 많아서 생기는 여러 증상을 의미한다. 증후군이라고 해서 그것이 곧 질병을 뜻하진 않는다. 그러나 질병이라 부를 수밖에 없는 것들을 수반하는 것이 사실이다. 심장 기형, 갑상선 저하 등 신체 전반에 문제를 일으키며 성장 장애와 정신지체가 일어난다. 염색체 이상의 결정적 이유는 아직 밝혀진 바가 없다. 산모의 나이가 많을수록 태아가 다운증후군일 가능성이 높다는 설이 있지만 상대적인 통계일 뿐이지, 과학적인 인과관계가 성립되어 있지는 않다.

즉, 누군가의 부주의가 아니다.
누군가의 잘못은 더더욱
아니다.

기대해도 괜찮을까

아이를 갖는 건 처음이었다. 아기는 무엇도 정해지지 않은 존재이다. 내 주위에 그런 상태의 것은 흔치 않다. 우리가 누구든 얼마나 용을 쓰든 어른 앞에는 어느 정도는 이미 정해진 결말이 생각보다 빠른 속도로 육박하고 있다. 아이는 그렇지 않다. 녀석에게는 무한한 가능성이 있고 부모 또한 그 가능성의 일부에 불과하다.

여러 책을 읽고 좋은 글과 보통 글을 분별할 줄 아는 사람이길.
악기를 다루게 되어 마음이 다쳤을 때 부드러운 음을 연주할 줄 아는 사람이 되길.
아빠와 만담 커플이 되어 스탠딩 개그를 함께할 정도의 유머를 가지길.
온갖 종류의 폭력에 반대하며 이미 만연한 모든 폭력에 예민한 감성을 지니길.

바르게 말하고 잘 뛰고 손재주가 좋고 바지런하고 표정이 좋은 아이길.

나는 완전히 착각을 했다. 착각의 늪에 빠졌다. 그런 것들은 아이의 가능성이 아니다. 순전히 나의 바람일 뿐이다. 남에게 보이기 좋은, 혹은 내가 보기에 아름다운 것들만 모아서 아기의 작은 몸 곳곳에 문신처럼 새기고 있었지 뭔가. 내가 사준 책을 네 손으로 넘기고, 내가 읽어주는 글을 네 귀로 듣고, 나와 함께 우쿨렐레를 배우고, 함께 화음을 맞추고, 네 농담에 내가 자지러지게 웃고, 내 농담에 네가 썰렁하다 핀잔을 주고, 네 고민을 내가 들어주고, 내 고민을 너에게 털어놓고, 네 행동 하나하나를 사랑스러워하면서 나는, 그렇게 살고 싶었다. 그것이 내가 기대한 새로운 삶이었다.

그건 아이의 삶이 아니다. 듣기 좋은 말로 기대감이라고 해두자. 나는 기대했다. 아이를 맞이하면서 버리지 못한 옷가지처럼 여러 기대를 차곡차곡 쟁여두고 있었다. 먼지와 진드기가 붙은 그것을 탈탈 털어버리기에는 많은 시간과 감정적 노동이 필요할 것이었다. 지금도 이 땅의 많은 부모들이 기대감이 무너지면서 생기는 허망함의 잔해를 온몸으로 견디고 있으니. 그런데 나에게는 그것이 너무나 한꺼번에 급히 왔다.

삶의 궤적을 다시 설정해야 한다. 좋은 책을 읽고, 악기를 다루고, 유

머를 즐기고, 폭력에 반대하며 바르게 말할 사람은 아이가 아니다. 나부터 그래야 한다. 다이너마이트가 설치된 폐건물 옥상에 나는 서 있다. 의사는 설명을 이어나간다.

   손바닥을 반으로 가르는 직선의 손금.
   엄지발가락과 검지발가락 사이의 먼 간격.
   치켜뜬 듯 올라간 눈꼬리, 낮은 코.
   심장 기형과 갑상선 저하의 가능성.
   느리지만 결국 다 해내는 아이.

   나는 무너지고 싶었고 속으로는 이미 무너졌다. 그러나 그대로 서 있다. 허락된 면회 시간은 20분. 구구절절한 의사의 말이 끝나자 정해진 시간도 모두 지나가 있었다. 산소마스크와 여러 의료 기구를 몸에 단 아이를 두고 뒤돌아선다. 아이는 내 뒷모습을 보고 있을까? 최대한 멋있는 자세로 걷고 싶어서 허리를 펴고 똑바로 출입구를 보았다. 자동문이 열린다. 뒤를 돌아본다. 버둥거리는 아이를 중앙에 두고, 자동문이 닫힌다.

   나는 나를 기대하기로 했다. 실망도 나에게 하기로 한다. 이 시기의 아이는 그저 찬탄의 대상이어야 한다. 나에게 우주처럼 넓고 별처럼 많은 가능성이 생겨난다. 기대감이 무너진 자리에, 아이를 맞이하는 건 처음이다.

택시에서 생긴 일

아이가 있는 병원에서 다시 아내가 있는 병원으로 가는 택시가 있고, 나는 그 택시 안에 있다.

택시는 도시의 복잡한 혈관을 따라, 사람이라는 피를 긴요하게 옮기는 캡슐 같다. 핏속에서 캡슐이 녹아 없어지듯이, 택시의 개별적 존재도 도시 안을 눅진하게 흘러 희미해진다. 누가 택시를 기억하는가? 또한 어떤 택시가 승객을 기억하는가.

어릴 때 가끔 택시를 타면 보조석 앞에 붙은 등록증과 등록증에 새겨진 기사 아저씨의 이름을 잘 기억해두려 애썼다. 다시 만날 것 같아서였다. 그래서 택시에서 내린 뒤 떠나는 자동차의 뒤꽁무니에 어김없이 넙죽 인사를 했다. 안녕히 가세요. 시커먼 매연이 골목의 전깃줄을 따라 뭉실 떠올라 사라졌다. 물론 같은 택시를 또다시 타는 우연한 일은 거의 벌어지지 않았다. 벌어졌다고 해도 알아채지 못했을 것이다. 그런 우연은 우연이 아닌 채로 어디론가 흘러가 이내 사라질 것이었다.

어머니는 어린이대공원 옆 박물관에 나를 자주 데리고 다녔다. 어린 나를 풀밭에 세워두고 자동카메라를 들어 렌즈를 당기곤 했다. 나는 북한박물관을 좋아했다. 2층 건물에 북한과 관련된 여러 것들을 모아 유리 안에 전시해놓았다. 그것들을 보면 북한은 얼마나 괴상망측한 동네인지 상상력이 무한대로 증폭되었고 동시에 내가 이곳에 있어 다행이란 생각이 들었다. 혹시 발밑에 인민군으로 득시글거리는 땅굴이 파여 있진 않을까 걱정일 정도였다. 내 특기는 전시관 벽면에 붙은 글들을 북한 아나운서처럼 우렁차게 읽는 것이었다. "친애하는 지도자 동지의……"라고 시작해서 아무런 말이나 가져다붙이면 어머니는 물론이고 그곳의 모두가 신통방통하다며 나를 쓰다듬었다. 한여름이었고, 뉴스에서는 아스팔트 위에 달걀을 깨트려 프라이를 만드는 장면을 반복해서 보여주었다. 더위를 뚫고 어머니와 택시 타고 박물관에 갔다. 어머니는 다소 헐렁한 티셔츠를 입었는데, 내릴 때, 거스름돈을 받고 어깨를 돌려 내릴 때, 브래지어 끈이 보였다. 나는 은색 브래지어 끈과 기사 아저씨의 검은색 눈동자를 번갈아보았다. 그 순간이 어찌나 길던지 나는 세상이 모두 멈춘 것 같았다. 그때 북한말을 내질렀다. "동무 옷을 똑바로 입으시라요!" 어머니는 살짝 내려간 티셔츠의 어깨선을 바로 잡았던가. 어머니에게 동무라니, 택시는 떠나고 더위만이 남아 젊은 엄마와 어린 아들을 둘러싸고 있었다.

   어머니와는 이런 적도 있다. 가깝지만 걸어가기엔 애매한 동네에 이모가 새로 분양받은 아파트가 있었고, 그곳에 친척들이 자주 모였다. 아파트는 넓고 좋았다. 특히 아이들이 뛰어다니기에 좋았다. 그날도 동생과 나를 데리고 어머니는 길을 나섰다. 택시를 잡아타고 이모네 아파트 정문에 다다를 무렵, 생각나지 않는 어떤 이유로 어머니와 택시 기사가 다퉜다. 두 꼬맹이를 달고 다니는 대한민국 아줌마가 마음먹고 누군가와 싸우기 시작하면 웬만해서는 밀리지 않는다. 그러나 그것은 반도의 택시 기사도 마찬가지. 아마도 몇백 원 혹은 몇 미터 때문에 일어났을 싸움은 어머니가 차에서 내리며 온힘을 다해 문을 닫아버리면서 걷잡을 수 없이 커졌다. 나는 사실 누구의 편보다도 싸움 자체가 빨리 끝나길 바라는 편이었는데, 무엇보다 사촌네 386 컴퓨터 하드 속 여러 게임 생각이 간절했기 때문이었다. 하지만 동생은 달랐다. 기사 아저씨의 데시벨이 심상치 않게 커진 어느 순간, 반은 악을 지르고 반은 우는 채로 우리 엄마한테 왜 이러느냐 달려드는 것이었다. 나는 더욱 당황하여 뒷걸음을 쳤고, 꼬마 아가씨의 진격에 아저씨는 더욱 놀라 액셀러레이터를 사납게 밟고 사라졌다. 아, 끝났구나, 이제 곧 컴퓨터 게임을 할 수 있겠지, 페르시아 왕자가 되어 공주를 구하자, 생각하는 순간 어머니가 등짝을 때렸다. 아들 따위 키워봐야 아무 소용 없다며. 오징어처럼 몸을 꼬는 나를 두고 모녀는 총총, 목적지를 향해 걷고 있었다.

택시에서의 추억은 대학생일 때 가장 많이 생긴다. 흔한 것들이다. 술 마시고 탄 택시에 토악질을 한다든가. 차비가 없어서 중간에 내려 2시간을 걸어가는 일. 술에 취한 동기를 태웠는데 집을 못 찾아 한참을 헤매는 일. 모두 평범하고 재미없는 것들이다. 숱한 재미없는 일 중 이런 일도 있었다. 집에 갈 차비가 없어서 일단 택시를 타고 집에 전화를 했다. 어머니가 밖으로 나왔는데 몹시 피곤해 보였다. 택시 기사가 취한 나를 보고 혀를 끌끌 찼지만 나는 어서 눕고 싶은 마음뿐이었다. 그때 어머니는 간병인 일을 하고 있었다. 나는 몰랐는데 그랬다고 한다. 나는 어머니가 무슨 일을 하는지 충분히 알 수 있었지만 끝내 모른 척했다. 무슨 일이든 마음이 아팠을 것이지만 그때 마음이 아프지 않으려 했던 내가 지금 내 마음을 더 아프게 한다. 어머니는 서러워 화가 난 목소리로 통화를 했다. 나는 들었다. 환자의 귀중품이 없어졌고, 환자 가족은 간병인을 의심했고, 간병인은 내 어머니였다. 그렇게 살았다면 지금 나, 이렇게 살지 않아요. 어머니가 이렇게 말을 했던가. 나는 그녀에게 무슨 말이든 해야 했지만 망설이다 결국 하지 못했다. 아니 안 했다. 나는 군대에 갈 날짜를 받아놓고서 세상의 멸망을 기다리던 마음의 병자였다. 세상이, 미운 세상에 살고 있는 너와 내가, 우리가 그리고 당신이 모두 미치게 미워서 덮고 있던 이불을 머리끝까지 올려버렸다. 혼자 있고 싶었다.

나는 택시 뒷자리에 앉자마자 어머니에게 전화를 건다. 이제 막 다운증후군을 가진 아이의 아버지와 어머니가 된 사람은 모두 필시 그리고 역시 누군가의 아들과 딸이다. 나는 내 어머니의 아들이다. 몇몇은 염색체 숫자가 남다른 아이의 소식을 아이의 할아버지와 할머니에게 쉽사리 알리지 못한다고 한다. 1년이 넘게 그 사실을 숨기는 부모도 있다고 들었다. 나는 전화를 건다.

어머니에게 내가 필요했을 때 나는 거기에 없었다. 그러나 나에게 어머니가 필요할 때, 나는 불쑥 손을 내민다. 나는 그녀의 아들이니까.

전화를 끊을 때 즈음 병원에 도착했다. 요금은 4100원이 나왔는데 기사님은 6000원을 거슬러주며, 가서 아내를 잘 돌보라고 말씀하셨다. 100원이 넘는 시간을 택시 안에서 지체하며 나는 조금 울었다.

떠나는 택시의 뒤꽁무니를 꽤 오래 바라보았다.
그와 나는 서로를 오래 기억할 것만 같다.

신생아집중치료실의 보스

신생아집중치료실에는 몇 명의 간호사와 그보다 적은 수의 의사 혹은 수련의가 있고, 대기실에는 아이를 만나기 위해 온 젊은 부모 혹은 조부모가 있다. 병원에서는 직계가족에 한해서 면회를 허락했다. 면회 시간은 정해져 있고, 복도에 선 사람들은 수업이 끝나갈 때의 학생들처럼 점점 마음이 바빠진다. 유리문 하나 너머에 짧은 복도가 있고 복도 끝에 유리문, 그 안에 아이들이 있다. 삶을 이제 막 시작한 아이들이, 시작이 남들보다는 약간 고된 아이들이 각자의 자리를 지키고 있다. 신생아집중치료실에서.

키 작은 사내가 있었다. 보통 여자보다 작은 듯했다. 그는 신생아용 기저귀를 들고 면회 시간을 기다렸다. 운동화 뒤축이 구겨져 있었다. 그가 벗어놓은 신발은 천방지축 중학생이 벗어놓은 축구화처럼 왼발과 오른발 사이가 멀었다. 물론 그가 개구쟁이 같은 표정을 짓고 있는 건 아니었다. 아마도 첫아이였을 것이고 곁눈질로 보았을 때 아이는 적어도 석 달 이상 일찍 세상에 나온 것 같았다. 아이는 인큐베이터 안에서 곤히 잠들어 있을 때가 많았고, 키 작은 사내는 말없이 아이 앞에 서 있다가 기저귀와 모유를 건네주고 돌아가곤 했다. 사내는 필시 쉽게 풀이 죽거나 위축되는 성격은 아닐 것 같다. 그건 지금은 미숙아인 아이 또한 그러할 것이고, 곧 함께 팔랑팔랑 뛰어다닐 날이 둘에게 올 것이었다. 똑같은 모양으로 운동화와 구두를 벗어놓을 그날이.

 눈이 벌건 여자가 있었다. 많이 울어서 그렇겠지 생각하니 집에 있는 아내가 안쓰러워진다. 며칠 자란 미숙아인 그녀의 아이는 미숙아치고는 자꾸 울어대었다. 신생아집중치료실의 부모들은 아이의 큰 울음소리에 무척 반가워하고 앳된 신음 소리에 잔뜩 긴장하는데, 눈이 벌건 그녀는 둘을 반복하는 편이었다. 아이의 상태가 그러했기 때문이다. 짧은 시간 동안 여자는 간호사나 의사를 붙잡고 끈질기게 많은 걸 물어보았으며 깜짝 놀라기를 잘하였다. 아이가 인큐베이터에서 나온 날, 여자는 눈이 더 벌개져서, 코를 훌쩍이며 아이를 안아보았다. 엄마가 미안해. 엄마가 미안해. 아이는 뭐가 미안하냐고, 나는 괜찮다고 말하려는 듯 보동보동 우는 것이었다. 여자의 벌건 눈에서도 굵은 비가 떨어지기 시작해서, 모녀의 울음이 치료실에 넘실넘실 흘렀다. 우렁차고 힘있는 흐름이었다.

치료실에 찾아오는 할아버지는 그가 유일했다. 어르신은 정갈한 자세로 손을 씻고 비닐 옷을 입었다. 몇 분 후면 의료쓰레기 수거함에 버려질 그것의 끈을 허리춤에 단정하게 매었다. 그리고 반듯하고 느린 걸음으로 아이 앞에 가 서는 것이다. 반은 백발인 그의 뒷모습을 보노라니 백석이 말한 적 있는 곧고 정한 갈매나무가 떠올랐다. 아이는 많이 아팠다. 움직임이 없는 아이를 가만히 보는 일의 슬픔은 미루어 짐작 못하게 깊다. 그는 어쩌면 아이의 아버지일지도 몰랐지만 묻진 않았다. 그의 아들이나 사위가, 그의 딸이나 며느리가 폭풍이 쓸고 간 마을 같은 마음을 어디선가 수습하고 있을지 모를 일이었다. 어르신을 이틀간 보았는데, 사흘 째에 아이가 수술실로 가 그를 다시 볼 수는 없었다. 아이는 견디고 이길 것이다. 산기슭 비탈에 서서 종래 곧게 자라나는 갈매나무처럼.

늘 웃는 얼굴의 부부도 있었다. 부부의 아이를 볼 수는 없었다. 집중치료실 내에서도 따로 분리된 공간에 아이가 있었기 때문이다. 부부는 편안한 표정으로 낮은 목소리를 주고받았다. 둘은 타고난 낙천성으로 즐거운 연애를 하고 많은 이들의 축복을 받으며 결혼식을 올렸을 것이다. 아이가 태어나기 전에 육아 용품을 고르며 세상에서 가장 행복한 두 사람이 되어 까르르 웃고 재잘재잘 떠들었을 것이다. 남자는 아내의 부른 배에 대고 따뜻한 진담과 시원한 농담을 번갈아 들려주었을 것이다. 여자는 갑자기 먹고 싶은 게 떠오르면 주저 없이 남편에게 우리 아이가 당기는 게 있다 했을 것이다. 아이는 다른 아이보다 더 많은 의료 기구를 곁에 두고 있었다. 산소포화도 측정기가 짧은 시간에도 자주 울었다. 부부는 그들 부모와 화상통화를 하다 제지당했다. 겸연쩍어하는 그들 앞, 아이는 사랑스러운 수다쟁이로 자랄 참이었다. 그 부부에게서 태어난 아이라면 뭐든 가능할 일이었다.

요즘은 미숙아가 많이 태어난다고 한다. 몰랐거나 관심이 없던 사실이었다. 그 녀석들은 대부분 잘 자라나고 외려 더 건강하게 커나간다고 한다. 내 아이는 대부분 미숙아인 그곳에서 가장 컸다. 과한 호흡에 시달려서 여기에 왔지만 녀석은 엄마 뱃속에서 열 달을 거의 채우고 세상에 나온 아이다. 나는 딸에게 신생아집중치료실의 보스라는 별명을 붙여주었다. 거기에 있는 모든 생명들이 치료가 되어 건강해질 것이었다. 나는 문득, 영원히 치료가 불가능한 내 딸의 어떤 특성을 확인한다. 그새 서운한 얼굴로 아이를 본다. 그러다 시간이 다 되면 황급히 고개를 흔들어 섭섭함을 털어버린다. 얼마나 못생겼을까. 그러니까, 아무리 털어도 붙어 있는 먼지처럼, 신생아집중치료실에서 나는.

초유 20밀리리터

　아이를 병원에 두고 아내는 퇴원했다. 아내는 진통 끝에 자연분만을 했다. 나는 어설픈 자세로 가위를 들고 탯줄을 자를 준비를 하고 있었다. 그러나 아이는 태어나자마자 호흡에 곤란을 느끼며, 울음소리조차 들려주지 않았다. 그건 누구의 잘못도 아니었지만 우리는 크나큰 죄를 지은 사람이 되어, 눈물로 잘못을 씻고 있었다. 자꾸 씻어도 더러운 설움이 남아서 꾸역꾸역 목과 눈과 코로 넘어왔다.

　우는 중이다. 눈에서는 눈물, 코에서는 콧물이, 입에서는 신음이 나왔다. 아내는 한 가지를 더 내놓았다. 아내의 한없이 부드럽고 둥근 가슴에서, 그 가운데 꽃술이 환한 식물처럼 솟은 유두에서 노란 액체가 또르르 떨어진다. 초유다. 미리 사놓은 젖병을 얼른 가져다댄다.

점점 배가 불러오는 아내를 날마다 보면서도 아내의 몸에서 젖이 나올 것이란 생각은 깊이 하지 못했다. 젖은 신비한 색이었다. 바나나 우유 같기도 했지만 그것보다 오묘하고 영롱했다. 초유라서 그런지 레몬즙 같기도 했다. 깊은 정성이 담긴 맑은 죽 같기도 했다. 맷돌에 정성스레 갈아서 만든 콩물 같기도 했다. 그것은 내가 알지 못한 아니, 오래전에 잊어버린 모종의 성물이었다.

여러 충격으로 산후조리를 제대로 하지 못했던 아내는 그럼에도 불구하고 최선을 다해 그것을 짜냈다. 하지만 생각만큼 잘 되지 않았다. 옆에서 살짝 도움을 주어야 했다. 밥을 뜨기 전에 국을 먼저 먹는 것과 같은 자연스러운 말투로 도움을 청하는 아내의 태도에 굴복했다. 잠시 머뭇거리다 초유가 나오는 신비한 비탈에 결국 입을 대었다. 방금까지 세상아 없어져라 울어댔던 남녀는 어색하고 민망해 실쭉 웃고 만다.

작은 젖병에 엄마 젖이 채워졌다.
내 아이가 먹을 처음 젖.
20밀리리터.

면회 시간은 고작 20분이다. 저녁 8시 30분이 면회였는데, 초유를 병에 넣은 시각은 8시 20분. 나는 아이에게 달려가기로 한다. 아내의 몸에서 나온 세상 맑은 초유가, 레몬 빛깔 초유가, 아직 식지 않아 따뜻한

초유가 내 손에 있다. 젖은 제 몸과 같은 곳에서 태어난 여리고 아픈 아가의 입속으로 들어가기 위해 고운 숨을 고르고 있다.

나는 젖병을 핑크색 가제수건으로 돌돌 말았다. 현관문을 열고, 훅 끼쳐오는 찬바람을 뚫고 자동차 시동을 켰다. 기어 옆 작은 선반에 초유 20밀리를 두고, 달렸다. 왠지 마음이 급해 동네에서 동네로 가는 길임에도 불구하고 약간 과속을 했다. 과속방지턱에 걸려 차가 몇 차례 흔들렸다.

병원 지하주차장에 차를 대고 아내가 애써 짜낸 초유를 들었다. 뭔가 이상했다. 자동차 선반에 레몬빛인, 바나나 우유 색깔인, 세상 모든 아름다움이 모인 향기의 초유가 흘러 있었고, 20밀리리터 초유는 반으로 줄어 있었다. 나는 내 머리칼을 뽑아버릴 듯 괴롭다. 그러나 후회할 시간조차 없었다. 병원 승강기는 유난히 느리게 올라갔다가 더 느리게 내려온다. 어느 층에서 환자를 태우는 건가, 엘리베이터 문짝 위에 적힌 숫자가 요지부동이다. 젖병을 쥔 오른손이 젖는다. 계단을 뛰어오르기 시작한다. 20분의 면회 시간에서 15분 가량이 이미 지나버리고 아이 앞에 설 수 있었다.

그리고 10밀리였던 초유는 또다시 그것의 반도 남지 않았다. 핑크색 가제수건이 누렇게 젖어 있다. 나는 뒷머리를 긁적거리며 몇 방울 초유가 담긴 젖병을 간호사에게 내밀었다.

초, 초유예요. 아이 엄마 젖.
내 아이가 먹는 처음의 젖.

치료실에서 나와 손을 씻는다.
이유는 알 수 없지만
아까 둘이서 힘을 다해 울고 또 울어도
씻어지지 않던
더러움 몇 방울이
사라지고 있었다.

우리 은재는 다운증후군을 가진 아이

염색체 결과가 나왔다. 그전에 아이의 얼굴을 곰곰이 뜯어보았다. 그런 것 같기도 하고 아닌 것 같기도 했다. 의사는 확실하다 했지만 내 마음은 혹시나 했다. 아니면 좋겠다고 생각했다. 온전히 받아들였다고 생각했지만 그러한 생각은 오만의 오류임을 잘 알고 있다. 다운증후군은 전문가라면 누구나 외관상으로 확진을 할 수 있지만 현대의학의 발전은 염색체에 대한 이상 확인까지 마수를 뻗쳐서 고치지도 못할 병으로 다운증후군을 명명한다.

정체불명의 다운증후군.

어디서 시작되는 것인지 확인할 수 없지만 결과는 눈앞에 있다. 확진의 결과를 확인하고 다시 아이를 본다. 속으로 천천히 발음한다.

우리 아이는 다운증후군이다.
우리 딸은 다운증후군이다.
내 딸은 장애아다.

모든 사실을 그대로 받아들이기 위해
내 마음의 어느 벽면 위에 부조浮彫를 새긴다.

아내에게 축하한다고 말했다. 아내는 아이를 낳고 처음 듣는 축하의 말이라고 했다. 나는 미안하다고 했다.

사랑의 확신으로 아이가 태어났고, 아이를 확인하며 사랑을 본다. 속으로 천천히 발음한다.

우리 아이다.
우리 딸이다.
나는 아빠다.

조각 위에 또다른 조각이 쌓인다. 마음의 역사가 짧은 시간 꽤 많은 페이지를 넘긴다. 다음 페이지의 내용을 알 수는 없지만, 멈추진 않을 것이다. 그보다 확실한 사실은 없다.

아파 만나고 나아 헤어지는

　병원과 친하지 않았다. 병원에 오래 머물도록 아픈 사람은 주위에 없었다. 할머니 빼고. 할머니의 일생을 돌아보면, 늙은 그녀가 병원 신세를 자주 지는 건 당연한 이치라는 판단이 선다. 문장으로 직접 기입하기엔 너무나도 다난하고 동시에 평범한 고생과 역경을 1931년생 여성은 뚫고 지나왔다. 돌아가는 길은 없었으리라.

　중학생 시절, 유쾌하지 못한 사정으로 다시 할머니와 잠시 함께 살게 되었다. 작은 사람 중에서도 더 작은 축인 할머니는 별로 높지도 않은 곳에 생선을 말리다가 그만 발을 헛디뎌 넘어졌고 발목과 허리를 다쳐 병원에 입원했다. 나는 방학을 맞은 골칫덩이 중학생답게 이러나저러나 동네 곳곳을 방랑하며 다녔던 것 같다. 그러다 집에 왔을 때, 분명 오전까지도 병원에 있었던 할머니가 추레한 현관에 모로 쓰러져 있는 것을 보았다. 할머니는 방탕하고 버릇없고 모진 손자가 제때 밥은 먹고 다니는지 걱정이 되어 병원에서 걸어서 20분인 집까지 기어코 온 것이다. 그리고 쓰러진 것이다. 나는 할머니를 들쳐업고 할머니가 왔던 그 길을 뛰어 돌아갔다. 가는 길에 두 번 쉬었다. 할머니는 무겁다, 힘들다, 내려놓으라, 야단이었지만 그 몸이 무거울 리 없었다. 뼈밖에 없는 키 작은 노인이었으니까. 그런데 시간이 지나니 무거웠다. 깨진 도자기를 아무렇게나 모아놓은 자루처럼 내 등에 매달린 할머니가 덜그럭거렸다.

　할머니를 두고 서울로 올라오는 결심은 생각보다 쉽게 완성되지 않았다. 어릴 때는 할머니를 모시고 살리라 장밋빛 다짐을 했었던 적도 있었다. 할머니는 거의 날마다 밥은 먹었느냐며 전화를 걸어오더니 급기야 어느 날 서울의 구석으로 손자의 건강 및 위생 상태를 점검하러 올라오고야 말았다. 할머니는 노구를 이끌고 노구가 되도록 켜켜이 쌓인 고집을 앞세우고서 집안 청소며 반찬 정리를 시작했다. 말려도 말려지지 않는 일이었다. 나는 무능력한 남자가 되어 잠시 멍해졌다. 멍한 남자의 둘레에 바지런한 노인의 몸이 이리저리 움직인다. 몇 주 동안 낯선 동네에 친구까지 만들어버린 할머니는 친구를 따라서 지하철역 근처까지 갔다가 에스컬레이터에서 넘어지고 말았다. 연락을 받고 급하게 달려간 동네 병원에서 할머니는 머리 옆쪽에 피를 흘리고 있었다. 나는 또 늙은 사람을 업는다. 나는 더 커졌고 당신은 더 작아졌다. 6인실의 사람들은 이유는 알 수 없지만 모두 할머니를 좋아했다. 과하지 않은 친절을 담백하게 주고받았다. 그것이 가능한 6인실이라는 공간이 나는 도리어 어색하고 괴이하여 괜히 읽던 책에 얼굴을 깊이 파묻곤 했다.

할머니는 병원 밥을 싫어하고 할머니는 옆 침대 환자나 환자의 보호자와 쉽게 친해지며, 할머니는 병원의 말을 따르려 하지만 그것을 100퍼센트 신뢰하진 않는다. 할머니는 의사와 간호사 흉을 보다가도 그들이 곁에 오면 잠자코 장화 신은 고양이 같은 눈빛을 보내기도 한다. 할머니는 까막눈임에도 불구하고 여러 보험 혜택을 위한 서류를 잘 챙긴다. 할머니는 외로움을 느끼기 전에 자긍심을 찾는다. 과장과 바람을 덧붙여 손자를 남에게 자랑하는 방식으로. 자랑을 마친 할머니는 다시 경청자의 태도로 남의 자랑을 마저 듣고 맞장구를 쳐준다. 사람들은 아파서 만나, 나아서 이별한다. 이를 병원의 미덕이라 불러도 괜찮을까.

은재가 태어나고 동시에 입원을 하면서 본격적으로 병원에 드나들게 되었다. 병원에서 어떻게 지내야 하는지 잘 알지 못한다. 발 빠르고 정확하게 처리해야 할 것들이 있었다. 담당 의사에게 말해 산정특례라는 것도 받아야 했다. 선천성 기형아 지원을 받기 위해 준비해야 할 서류도 있었다. 진단서면 진단서 소견서면 소견서 쉽게 받아낼 수 있는 게 없었다. 아픈 아이를 잠시 보고 나면 여기 혹은 저기에서 줄을 서고 차례를 기다려 내 형편을 설명해야 했다. 어른의 세계를 향해 큰 걸음을 내딛는 일이었다. 어려웠다.

병원에 가면 아직도 할머니가 생각난다. 병원을 뛰쳐나오던 육십대의 할머니와 병원 사람들과 친해져버린 칠십대의 할머니, 그리고 지금은 병원 가길 두려워하는 팔십대의 할머니. 은재 소식을 할머니에게 여태 알리지 않았다. 알리지 못했다. 할머니가 병원을 싫어하는 마음과 비슷한 걸까.

병원을 옮기게 되었다. 의사는 미안한 표정을 지었다. 필요 없다던 수술이 필요하게 되었고, 쉽다는 수술이 어려운 수술이 되었고, 어려운 수술이 다른 병원에서 다시 진단을 내려야 하는 미스터리한 증상으로 바뀌었다. 이럴 때 할머니는 어떻게 했을까. 나는 입원하는 신생아를 둔 부모가 챙겨야 할 것들을 천천히 생각했다. 꽤 긴 라운드가 될 것 같다. 꼭 나아서 나올 것이다.

무거운 종이 한 장

주민등록등본을 뗀다. 출생신고 기념으로 몇 장 받아보았다. 혼인신고 전에 어딘가에 서류를 내야 할 일이 있었는데 아내가 '동거인'으로 표시되었다. 나는 어쩐지 그 단어가 야릇해서 맘에 들었는데 실제 동거인은 그게 그렇게 싫은 모양이었다. 내가 왜 동거인이야. 우리 동거하는 거야? 그날 바로 혼인신고를 마쳤다. 아내는 '처'로 기록되었다. 그러고 보니 '동거인'보다 '처'라는 말이 그토록 예쁜 것이었다. 얼마 후 길에서 우연히 만난 누구에게 아내를 두고 "제 처 되는 사람입니다"라고 소개를 했다. 아내는 그게 또 그렇게 싫은지 인사를 나누고 둘만 남자 질색을 했다. 다 늙은 사람처럼 그게 뭐야, 어색하게. 아내고 처고 동거인이고 와이프고 선생님이고 왕비님이고 공주님 주인님 마님이고 뭐시고 다 막론하고 여자는 어쩜 이리 갈대 같은가 말이다.

어쨌든 이제 우리집 주민등록등본에는 본인 외에 '처'와 '자녀'가 기입되었다. 왜 꼭 남편이 세대주고 아내는 처여야 하는 건지 삐딱한 궁금함도 부담감과 함께 밀려들었지만 모른 체 헛기침만 쿵쿵 하고 말았다. 그리고 은재가 등본에 기재되었다. 아직은 병원에 있는 작은 딸아이의 출생신고를 경건한 마음으로 마쳤다. 정식으로 신고가 되었으니 우리나라 인구 통계에 속할 것이고 무상보육이라 불리는 약간의 돈도 매월 나올 것이다. 서류가 보증하는 세대주가 되어버린 나는 가장의 책임감에 대해서 생각한다. 아직은 생각만 할 뿐이다. 금고아를 쓴 손오공처럼 머리가 아프다. 벗어버리고 싶은 날이 여럿 올 것이 분명하다. 너무 솔직한가.

가장의 책임은 남자들을 오랜 시절 괴롭혀왔다. 책임으로 인해 더욱 엄숙해진 가부장은 여자들을 오랜 시절 괴롭게 했다. 남자의 괴로움보다 훨씬 크고 복합적인 고통이었을 것이다.

나는 가장이 아닌 그냥 내 아내의 남편이 되고 싶었다. 그저 내 아이의 아비가 되고 싶었다. 주민등록등본을 다시 천천히 살핀다. 출생신고를 할 때, 혹시 한자 획을 틀리면 어쩌나 몹시 긴장했다. 이때 실수로 이름이 우스꽝스럽게 바뀌어버렸다는 농담들을 익히 들어 알고 있다. 동사무소('주민센터'보다 이 이름이 좋다) 직원은 친절하게도 한자의 음과 뜻이 크게 적힌 책자를 나누어주었다. 나는 그런 것 없이도 딸의 이름을 한자로 정확하게 쓸 수 있다는 인문학 석사의 자부심을 견지하면서 동시에 곁눈질로 직원이 준 힌트를 살폈다. 한 획, 두 획을 그으면서 아이가 어서 병원에서 나와 등본상의 주소지로 돌아오길 간절히 기도했다. 그것이 이뤄진다면 나는 가장은 물론이고 난쟁이고, 마당쇠고, 철수고, 바둑이고 뭐시고 별 걸 다 할 수 있을 것 같은데 말이다.

세대주
처
자녀

종이 한 장이 주는 무게감이 집 한 채다.
차력하듯 들어올릴 참이다.
사랑하는 동거인들과 함께.

용기와 지혜가 필요해

그러나 나는 어쩐지 이제껏 다녔던 병원에 불쑥 화가 났다. 열차를 타고 급거 올라온 어머니에게도 화가 났다. 습관적으로 켜놓은 텔레비전에서 뛰노는 아이들을 보고 더 화가 났다. 나에게도 화가 났고 아내에게는 화를 내면 안 된다고 생각하면서, 그러한 생각에 화가 났다. 신을 믿었다면 주저 없이 저주했을 것이다. 신이 없다면 신조차 없는 세상에 분노할 것이었다. 그때 슬그머니 다가와 노래 같은 말을 건네는 작은 악마가 있었다.

너는 여태 최대한 좋은 사람이 되고자 애쓰며 살았어. 그러나 완전하고 거대하며 명백하고 영원불멸할 실패가 바닷속 고래처럼 느닷없이 수면 위로 떠올랐지. 그렇지 않고서야 이런 일이 당신에게 벌어질 리 없잖아? 세상 모든 결과는 합당한 원인을 제 몸속에 숨기고 있는 법이지. 근거가 없는 결론은 만들어지지 않아. 지금 네게 벌어진 일의 원류는 어디일까. 과연 어디서부터 시작된 걸까? 너의 사랑? 너의 욕심? 너의 기대? 너의 꿈? 너의 몸? 너의 정신? 너의 성기? 너의 정자? 네게서 뻗어나간 촉수들은 대체 무엇이기에, 네게서 비롯된 피조물을 고치지 못할 장애를 안고 태어나게 만들 만큼 이토록 잔인할까? 네 죄가 아니라고 단언할 수 있어? 잘못한 게 하나도 없다고, 순진한 눈망울로 이런 일은 아무렇지도 않다고 말할 수 있어? 너는 지금껏 좋은 사람 흉내를 내며 살았지. 다시 가늠해봐. 살면서 치명적인 잘못을 아니, 아니, 사소한 잘못 하나라도 저지른 건 아닌지. 혹은 네 존재 자체가 피할 수 없는 오류가 아닌지. 모든 일에는 결과가 있을 테고 지금 장애를 안고 태어난 네 앞의 아이의 원인은 바로 너야. 아이를 만든 장본인은 바로 당신이지 다른 누구도 아니거든. 자, 여기 죄 없는 아이의 얼굴을 보며 분을 삭여봐. 왜 하필 나에게 왔니, 말을 해봐. 왜 하필 너지? 라고 물어봐. 어서, 어서. 그렇지. 그래 바로 그거……

머릿속에 들어온 작은 악마는 위치를 바꾸며 날렵한 잽을 날리는 아웃복서였다. 극심한 편두통이 일었다.

자, 이제 넌 어떻게 살아간담? 무엇을 위해 살아야 하는 걸까? 넌 남과는 다른 아이를 돌보며 젊은 날을 보낼 거야. 너 때문에 저 아이의 엄마가 된 여인이 무너져가는 꼴을 속수무책 쳐다보는 궁상 속에서 살아가겠지. 네가 생각하던 행복은 무엇이지? 남들처럼 사는 것? 남부럽지 않게 사는 것? 부끄럽지 않게 사는 것? 사람들은 아이를 살펴보겠지. 우리에 갇힌 괴이한 생명체를 보듯 호들갑을 부릴지도 몰라. 병이라도 옮을까 자리를 피할지도 몰라. 말은 해요? 잘 걷나요? 웃기지도 않은 질문을 던지며 싸구려 연민을 풀어놓을지도 모르지. 아니라고 말은 하지만 모두 아는 사실일 거야. 인간은 원래 그런 존재야. 상상 속에 우리를 만들어 우리 밖 타인을 제외하고 멸시하지. 네 아이는 우리 바깥에 있어. 너도 그랬잖아. 어제까지도 상상하지 못했던 일이잖아. 네가 울타리 밖에 나앉을 거라고, 너의 아이가 보통의 아이, 평범한 아이, 누가 봐도 예쁜 아이가 되지 못할 거라고 털끝만큼도 예상하지 않았잖아. 이제는 어떻게 할 건데? 대답해봐. 네가 무엇을 할 수 있지? 지금 무슨 생각을 하는 거지? 아무 생각도 하지 않는다고 거짓말하지 마. 기쁘다고 역겨운 위선도 떨지 마. 무슨 생각 해? 옳지, 넌 좋은 사람이 아냐. 그래, 바로 그거. 그런 거.

악마는 굉장히 건방졌다. 녀석을 한 방에 때려눕힐 비장의 카운터펀치가 필요했다. 링 코너를 돌아보면 거기에 비슷한 악마와 바쁘게 싸움을 벌이고 있는 아내가 있다. 지금 울고 있는 이 여자가 나에게 가장 필요한 코치다. 그녀에게는 내가 코치가 되고 싶다.

우리에겐 지금 용기와 지혜가 필요하다.
악마를 물리칠 빛과 소금과 같은 것.
짭조름한 눈물이 빛을 가리고 있었다.

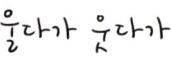

울다가 웃다가

아내와 둘이서 부둥켜안고 운다.
등을 맞대고 운다.
모른 체하며 운다.
서로 쓰다듬으며 운다.
울다 잠들어 꿈에서 운다.
꿈에 나타난 너를 보고 놀라 깨서 운다.
운다.
멈추고 목을 축이고 다시
운다.

아내와 둘이서 쳐다보며 웃는다.
텔레비전을 보며 웃는다.

연애하던 이야기를 하며 웃는다.

미역국에 밥을 말아 후후 불어 입에 넣어주며 웃는다.

소고기가 너무 많다며 웃는다.

고깃국 같다고 웃는다.

우물우물 씹다가 웃는다.

웃다가 운다.

운다.

멈추고 목을 축이고

다시

또

이제

그만.

뚝

뚝

떨어지는,

그치는,

눈물.

아내라는 이름의 미래

남자는 어른답고 의연하려 나름대로 애썼다. 아내와 아이를 각각 다른 병원에 입원시키고, 최소한의 연락을 돌리고 좀 씻고 한숨을 돌리자 난데없는 슬픔이 걷잡을 수 없이 밀려왔다. 산후조리원에 예약 취소 전화를 넣었다. 눈치 없이 이유를 자꾸 물어왔다. 산후조리원을 취소할 이유 따윈 없었다. 여자는 그곳에서 다른 아이를 볼 자신이 없다고 했다. 남자 역시 그랬다. 수화기 너머로 아이의 울음소리 비슷한 것이 들리는 듯했다. 목소리가 떨렸다. 들어갈 수 없는 사정이 있다고 말하니, 선금은 돌려줄 수 없다는 사정이 돌아온다. 다른 산후조리원으로 가겠다는 게 아니에요. 저는 그곳이 마음에 들었어요. 오해를 풀고 싶었으나 몹시 피곤했다.

그렇게 집으로 왔다. 둘이서 불을 끄고 누워 또 울었다. 수유 교실에 가지 않았는데도 여자의 가슴에서는 젖이 줄줄 새었다. 주인을 찾지 못한 액체가 괜한 앞섶을 젖게 했다. 남자와 여자는 앞섶처럼 눈시울이 젖어서는 젖을 먹지 못하는 아이를 생각했다. 둘에게서 어떻게 할 것인지 묻고 대답하는 일은 거의 남자의 몫이었는데 지금 남자는 무수하고 진중한 의문에 울음으로 답을 대신하고 있다. 그때 여자가 말한다.

   그렇게 힘들면, 내가 아기를 데리고 갈게.

   남자는 대체로 느슨한 태도로 삶에 임했고 그래서 나사가 풀린 듯 지낼 때도 많았다. 그때마다 헝클어진 회로를 바로잡아준 건 여자였다. 이 여자는 지금 다시 십자드라이버를 들었다. 대개 십자드라이버와 나사못은 자석의 N극과 S극을 이루게 제조된다. 나사못은 드라이버에 자연스럽게 끌려가 붙는다. 남자도 그녀에게 그렇다.

   여자는 책을 좋아했고 연애를 시작하기 전 그 사실을 안 남자는 보다 진지하게 시와 문학을 사랑해야겠노라 생각했다. 여자는 시를 쓰는 데 도움이 될 만한 영화와 음악, 소설책과 철학책을 소개해줬고, 남자가 여전히 당구와 음주 등에 신경을 쓰고 있을 때, 글을 쓰는 데 필요한 어떤 규칙을 정해주곤 했다. 남자는 아무리 그래도 설마 전부 그럴까 의심하면서 이십대를 통째로 반추해보지만 자신의 삶은 여자가 저도 모르게 제시한 미래를 향하고 있었음을 발견할 뿐이다. 삐걱거리는 여기저기에 빠진 부품을 넌지시 챙겨주는 여자.

여자는 눈물을 닦고 다소 무표정한 얼굴로 어딘가로 가겠다고 말한다. 그것은 안 될 일이다. 남자는 사실상 이제까지 여자에게 잘 보이기 위해 살아왔는데, 여자는 남자의 거울과 같고, 여자는 남자의 쇼윈도와 같으며, 여자는 남자의 숨구멍과 같은데, 여자는 남자의 망원경이고 여자는 남자의 잠수정의 토끼인데, 이토록 여자는 남자의 미래인데.

남자는 마음의 빈 공간이 비로소 꽉 들어차는 걸 느낀다. 남자는 원래 느리고 유치해서 적절한 경고를 할 때까지 깨달음을 최대한 뒤로 미루는 습성이 있다. 내가 그랬다. 나는 남자고 아내는 여자다. 가끔은 그 사실이 심장 조이게 다행스러운 것이다. 주말을 기다리는 평일의 기분처럼 당연한 이치일지도 모른다. 걷잡을 수 없이 달려들던 슬픔도 슬금슬금 도망갔다. 그리고 그 자리에, 멀지 않은 곳에, 손이 닿는 곁에, 아내라는 미래가 있다.

가기는 어디를 가, 그런 소리 하지 마.

미래를 힘껏 붙잡는다. 남자가 행하는 거의 유일한 현명함이 거기에 있었다.

아이처럼 그리고 강처럼

옮긴 병원은 회사에서 1시간, 집에서는 1시간 반이 걸렸다. 교통 체증이 더해지면 언제 도착할지 가늠할 수 없다. 사람이 시간을 잡을 수 없듯 내비게이션이 알려주는 도착 시간은 자꾸만 뒤로 밀리기 일쑤였다. 수술 전까지 아이는 중환자실에서 기력을 회복하기로 했다. 엄마인 여자는 병원에 머물고 아빠인 남자는 집과 회사와 병원을 번갈아 출퇴근해야 했다. 아내는 비로소 아이 곁에 종일 있을 수 있었다.

여태 제대로 아이를 품어보지 못한 아내는 아직 자신이 엄마가 되었다는 실감이 나지는 않는다고 했다. 훗날 이 여성은 스스로의 엄마 됨을 확신하다못해 자신이 믿는 엄마의 형상에 가깝게 되기 위해 할 수 있는 모든 노력을 기울이게 될 것이지만, 아직은 아니었다. 얼떨떨한 그 기분을 이해한다. 나 또한 내가 아버지가 되었다는 사실을 받아들이기에 충분히 평안한 시간을 보장받지 못했다. 나는 내 속의 악마를 물리치기 위해 마음의 대부분을 소모했으며 적지 않은 소요 끝에 몸과 마음도 기진맥진한 상태였다. 나름의 정신력으로 며칠을 버티었다.

아마도 그 정신력이 쌓이고 쌓여
부성父性이라 부를 만한 어떤 에너지가 생기는 게 아닐까.

작지만 튼실한 차에 담겨 집과 병원을 오갔다. 서울의 끄트머리에서 다시 반대편 끄트머리를 통과해야 집에 닿았다. 주로 강변북로를 통해서였다. 왼쪽에는 유유한 강이 반듯하게 흐른다. 건너편 빌딩에서는 화려한 빛들이 쏟아진다. 야근을 하는 사람들이 그 안에 있을 것이고 집에 가는 사람은 길 위에 있을 것이다. 나는 아름다움에 최대한 둔감하고 싶었다. 한강에는 거대한 욕망이 드러나 있고, 욕망이 잉태한 치욕이 숨겨져 있다고 믿었다. 한강을 볼 때마다 치열한 치욕을 느꼈다. 나는 그 근처에 살기 힘들 것이다.

아이와 아내를 병원에 두고 돌아오는 길에 다시 한강을 본다. 각양각색의 자동차들은 도로의 흐름에 따라 일정한 간격으로 달렸다. 커브 길에서 헤드라이트 불빛이 강물에 투신한다. 도시의 모든 빛이 거기에 모여 있었다. 쓸쓸한 표정으로 흔들렸다. 살아 있기 때문이었다. 살아 있어서 쓸쓸했다. 쓸쓸해서 아름다웠다. 우리들은 차선을 바꿔가며 매번 다른 차를 앞에 둔다. 그의 뒤가 길을 안내한다. 아이는 지금 살아 있고 나 또한 마찬가지다. 지금 내 앞에는 입원한 아이가 있다. 일단 적당한 거리를 유지한 채 미래를 따라가기로 한다. 욕심을 내 추월하지도 않고 흐름에 맞지 않게 뒤처지지도 않을 것이다. 집은 여기서 멀다. 하지만 언젠가 도착할 것이다. 강 옆을 하염없이 달린다. 쓸쓸하고 아름답다고 느낀다. 쓸쓸하고 아름다운 느낌이라는 게 있다면.

아이가 세상에 나온 지 한 달, 그사이 나는 세상의 아름다움을 먼저 느끼게 되었다. 강변북로가 아름답다니 믿을 수 없는 일이다. 아이를 보러 가는 길, 아이를 두고 오는 길, 이 길 끝 결말을 알고 있다. 나는 쓸쓸하고 아름다운 아버지가 될 것이다. 1시간 반이 지났다. 반듯하게 주차를 끝내고 집에 돌아와 다시 쓸쓸함과 아름다움에 대해 생각한다. 내 몸속, 강이 흐른다. 그 근처에 살지 않아도 좋다. 욕망하지 않아도 괜찮다. 꼭 아이처럼. 그리고 강처럼.

3부   하나의
       존재

고모가 된 동생

아이를 낳은 병원으로 작은 화분이 배달 왔다. 동생이 보낸 것이었다.

―아가야, 착하고 예쁘게 자라렴. 고모가.

처음엔 배달 착오인 줄 알았다. 동생은 거의 무심하고 살짝 부루퉁한 성격이다. 동생의 사생활을 잘 알진 못하나 이러한 성격은 애인에게 유용하고, 가족에게 무용하기 마련이다. 딸 특유의 애교는커녕 긴 대화를 나눈 기억도 많지 않다.

동생은 청년이고 세입자며 비정규직이다. 동생은 바쁘고 고된 삶에 익숙해지기 시작한 사람이다. 평생을 그렇게 살아야 할지도 모른다. 우리 대부분이 그렇다. 나름대로 착하고 예쁘게 자라왔는데 결국 이렇다. 착하고 예쁜 우리 동생, 무뚝뚝하고 속정이 깊은 아이가 보낸 화분을 병원에 두고 왔다. 그때는 너무 슬퍼서 그랬다. 아내가 입원한 병실 복도 구석에 화분을 내어두고 오래 처다보지 않았다. 그리고 퇴원할 때 간호실에 버리듯 주고 와버렸다. 화분은 잘 자라고 있을까. 작은 꽃들이 피어 있었는데,

꼭 세상 모든 동생들처럼.

동생은 사실 애교가 많고 수다도 많은 또래의 여느 아이였다. 손잡고 문구점에 가 뽑기 놀이를 하고 빈털터리로 돌아와 둘이서 다시 손을 꼭 붙잡고 퇴근하고 돌아올 엄마를 기다리길 여러 번이었다. 게임기 하나를 두고 번갈아 하다가 오빠인 내가 완력으로 밀어내면 엉엉 울던 아이였다. 내가 수험생이 되고 대학생이 되고 군인이 되어 가정사의 복도 구석으로 도망칠 때 동생은 집의 한가운데 오롯이 서서 온갖 풍파를 보고 겪었다. 그리고 동생은 조금은 다른 아이가 되었다. 더 강해졌다. 나는 동생이 강하다고 믿는다. 동생은 걸쭉한 사투리를 쓰는 전라도 가시내고, 어디서든 잘할 것이다. 다행이다.

동생은 울었다. 동생이 우는 걸 본 건 오랜만이었다. 잠깐 울고 말았다. 그리고 말했다. "엄마한테 더 잘해라. 알아듣냐?" 지금 동생은 누구보다 아이를 예뻐한다. 얌전한 은재가 고모를 빤히 쳐다보면, "뭘 봐?" 하고 부러 심통을 부리며 장난친다. 볼을 톡톡 건드리고 키득키득

웃는다. 나는 그것을 안 보는 척 훔쳐보는 게 좋다.

다운증후군을 갖고 태어난 아이는 사랑을 주는 만큼 착하고 예쁘게 자란다. 은재가 태어나서 처음으로 받은 메시지는 고모의 것이었다.

착하고 예쁘게 자라렴.

어느덧 착하고 예쁘게 다 자란 아가씨가
내 아기의 고모가 되어 있었다.

꼭 세상에 하나뿐인 동생처럼.

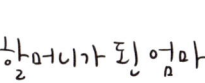

할머니가 된 엄마

어머니는 졸지에 할머니가 되었다. 나는 내 어머니가 할머니가 될 수 있다는 사실을 미리 짐작해보지 않았다. 내가 아버지가 되자 어머니는 할머니가 되었다. 그뿐이다. 조금은 얼떨떨한 마음으로, 종국에는 간절하게 기다려온 당신의 손녀가 장애를 안고 태어났다는 소식을 들은 어머니는 목포에서 나고 자란 여자 어른 특유의 강렬한 사투리를 쓰며 계속해서 물었다. 진짜냐, 그 말이 참말이냐, 참말 진짜냐, 어째 그런대, 어째서. 내가 답할 수 있는 성질의 물음은 아니었다.

어머니는 곧바로 기차를 타고 용산역에 왔다. 그리고 며칠 후 다시 사는 곳으로 내려갔다. 목포에서 서울로 올 때, 서울에서 다시 목포로 갈 때는 꼭 어머니 생각을 하게 된다. 하행에서는 어머니의 자궁으로 단단히 자리를 잡는 느낌이고 상행에서는 엄마 몸속에서 빈털터리로 빠져나가는 기분이다. 그곳이 고향이라서 그럴 것이다. 그곳에 어머니가 있어서 더욱 그렇다.

나는 안방에서 어머니가 혼자 우는 소리를 몇 번 들었다.

그때마다 몹시 슬펐다. 한 번도 어머니의 울음 곁에 앉아본 적은 없다. 안아본 적도 없다. 그저 건넌방을 지키고 앉아서 딴청을 부렸을 뿐이다. 울음소리가 모두 사라질 때까지, 세상이 사라지지 않길 기도하면서. 상행을 감행한 어머니는 많이 울었다. 산후조리원을 취소하고 집에 누운 며느리를 위해 미역국을 끓였다. 집 어디에도 아기가 없다는 사실이 이상하게 느껴졌다. 어머니는 아이의 면회를 거부했고 나는 이해했다. 어머니에게는 어머니의 시간이 필요했다. 이해의 표시로 나는 어머니를 안았다. 어머니를 안은 건 처음인가? 그녀의 몸이 낯설었다. 할머니가 되어서일지도 모른다.

행복하니? 어머니는 가끔 묻는다. 나는 뭘 그런 걸 묻느냐고 답한다. 어머니는 당신의 손녀가 당신의 아들에게 커다란 짐이 될까 겁나게 무섭다고 했다. 그리하여 내가 불행해질 것 같아 불안해 죽겠다고 말했다. 매일 가는 등굣길을 앞에 두고 차 조심, 길 조심, 신신당부를 하던 보통의 엄마들처럼 그녀는 나의 어머니다. 그뿐이다.

어머니는 해외여행이나 가방이나 등산복을 원하지 않는다(나만의 생각일지도 모른다). 어머니는 내게 행복을 요구했다. 역시 그뿐이다. 나는 내가 괜찮음을, 아이가 나에게 짐이 되지 않음을, 아이가 나에게 괜찮은 존재임을, 아이가 나에게 있어 멋진 선물 꾸러미임을 증명해야 한다. 그를 위해 안방에서 혼자 몇 번 울지도 모르겠지만. 또한 그뿐이다.

지금 어머니는 손녀를 끔찍하게 아끼는 보통의 할머니가 되었다. 그때의 슬픔을 만회하려는 듯 아이에게 입힐 옷을 손뜨개질하는 데 열성이다. 그렇게 완성된 옷은 생각보다 근사하다. 아니, 아주 훌륭하다. 할머니가 만든 옷이 아이를 따뜻하게 안고 있다.

어머니는 그렇게 할머니가 되었다.

이모가 된 처제

교복을 입은 아이를 보았다. 아이가 애인과 거의 똑 닮아서 적이 놀랐다. 동그란 눈을 가진 아이는 애인의 동생이었고 팔짱 꼭 끼고 보고 싶은 영화를 고르는 모습은 참으로 사이가 좋아 보였다. 긴 생머리를 가지런히 내려뜨린 둥그런 뒤통수 둘을 바라보며 어쩐지 내게 더 많은 동생이 생길 것 같은 예감에 사로잡혔다. 여고생의 번호를 내 휴대전화에 저장하면서 이름 대신에 이렇게 남겨두었다. 처제.

처제라는 말은 여러 번 불러도 참말 좋다. 처제, 내가 친절한 사람이 되는 것 같다. 처제, 내가 믿을 만한 남자가 되는 것도 같다. 처제, 내가 누군가에게 스스럼없이 용돈을 주어도 될 것 같다. 실제로 그런 사람이 되기는 어려운 일이겠으나 형부라는 사람은 그리 해야만 할 것 같다. 그 아이가 나를 이렇게 불러주었을 때부터 나는 좋은 사람이 된 것만 같은 확신에 시달렸다. ……형부.

여고생은 다정다감하고 바지런한 어른이 되었다.

병실에서 한참 울고 있었다. 퇴근한 처제가 병원에 왔다. 예의 그 큰 손으로 바나나며 딸기며 크림빵이며 과일주스 같은 걸 잔뜩 안고 왔다. 눈이 퉁퉁 부은 부부는 동생에게 면목이 없다고 말했다. 심란한 표정의 처제는 눈을 동그랗게 뜨고 도대체 왜 면목이 없느냐고 반문했다. 누구 잘못도 아닌데 왜 미안해요. 왜 울어요.

나는 처제가 병원에 오면 수척하게 누워 있는 언니를 끌어안고 대성통곡을 할 줄 알았다. 그런 재미없는 상상에 맞춰 내가 취할 행동을 가늠하고 있었다. 헛기침을 하고 밖으로 나가 자매끼리 이야기를 나누게 할까. 아님 끌어안은 두 여인 뒤에서 묵묵하게 자리를 지킬까. 아님 떠는 어깨를 다독다독하며 위로해줄까. 나는 답을 못 찾은 형부였다.

처제는 왜, 라는 질문을 던졌고 나는 별로 할말이 없었다. 즉자적인 슬픔 앞에 섰지만 슬픔의 원인을 찾으려고 하진 않았다. 왜 슬픈가? 이것은 슬플 일인가?

조금 놀랐어요.
놀랐어. 놀랐죠? 몸조리 잘 해요.

형부 얼굴이 이게 뭐야. 언니도 뭐라도 좀 챙겨 먹어.

처제가 사온 먹을거리들이 비닐봉지 바스락거리는 소리를 내며 병실 테이블에 늘어선다. 테이블 위에는 통유리가 있고 통유리 바깥에는 며칠 전 내린 눈이 여태 남아 있는 다른 건물 옥상이 보인다. 반쯤 얼어서 더 단단해졌을 눈이 있다. 건물 관리인으로 보이는 사람이 눈을 치우고 있다. 우리 부부의 마음에 눈이 오고 눈 위에 흙탕물이 튀어서 우리 스스로 쉬이 치울 수 없을 때, 처제는 팔을 걷어붙이고 빗자루와 삽을 들고 와줄 것 같다. 그리고 지금 처제는 그렇게 와 있다.

나는 그저 조금 놀란 형부가 되어 이 빛나는 여자의 얼굴을 본다.
내 아내를 닮은 얼굴, 나의 처제다.

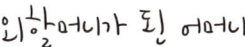

외할머니가 된 어머니

    어머니는 삼겹살집을 했다. 그곳에서 당신은 서빙과 주방을 홀로 책임지고 있었다. 나는 구석자리에 앉아서 멍하게 주인장의 발걸음을 지켜보았다. 주변머리가 없어 일손이 되지도 못하고, 그렇다고 편하게 앉아 구경하지도 못해 전전긍긍했다. 내놓은 음식들은 정갈하고 맛이 좋아 보였다. 진홍빛 삼겹살은 적당한 두께로 조심스레 숨을 죽이고 있었다. 마지막 손님이 떠나고서야 비로소 어머니를 앞에 두고 고기를 먹을 수 있었다. 노릇하게 구워 먹기 좋게 잘라주었다. 나는 참새처럼 손과 입을 바삐 움직였다. 삼겹살은 늘 옳으니까.

    어머니는 전형적인 전라도 말과는 사뭇 다른 어투를 쓰는데 아마 여천이나 광양 쪽 사투리에 가까울 것이다. 나는 가끔 빠르게 이어지는 당신의 말을 못 알아들어 말의 높낮이와 미묘한 표정 변화와 작금의 상황, 주변 공기 등을 파악해 맥락을 겨우겨우 쫓아가곤 했다. 어머니는 눈이 크고 코가 높지만 그것들을 담고 있는 얼굴은 작고 몸은 매우 말랐다. 당신을 몹시 닮은 처남은 그래서 미남이 되었다. 어머니의 남편, 그러니까 내 장인이자 아내의 아버지는 오래 아팠다고 한다. 그리고 아내가 이십대 중반, 처제가 대학생, 막내처남이 중학생일 때 떠나셨다. 오래된 일 같다. 어머니는 오래에 오래를 더한 시간만큼 가계를 책임지고 아이들을 돌봤다.

나는 모든 천벌을 받아도 좋으니까, 너희만은 잘살았으면 좋겠는데 말이다.

누구도 벌받을 일을 하지 않았다. 내가 당신 딸의 남자가 된 것이 벌이라면 그것은 내가 살면서 충당하고 보상하여 끝내 축복으로 바꿔버릴 것이다. 저를 믿어도 좋아요, 나는 크게 소리치고 싶지만 주변머리가 없어 수화기를 들고 어머니, 어머니…… 말줄임표만 여수로 보내고 있다. 짧은 침묵 끝에 전화를 끊었고 다시는 그러한 대화는 없었다. 어머니는 외할머니가 되었고, 역시 빠르게 말을 이어나간다. 나는 어머니가 만드는 무수한 문장이 모조리 좋다.

말 못하는 갓난이는 속말까지 다 듣고 안다.
예쁜 것은 원래 예쁜 짓만 하고 미운 놈은 미운 짓거리만 한다. 그리고 은재는 원래 예쁘다.

집이 좁아야 사이좋게 잘살다가 나중에 마음도 넓어지고 사는 집도 또 넓어진다.

힘들게 세상에 나온 것이 원래 더 큰 복덩이인 법이다. 복덩이가 우리한테 왔다.

점점 어머니의 문장이 귀에 잘 들어온다. 이제는 말을 못 알아듣고 전전긍긍하며 추리를 거듭하지 않아도 될 정도가 되었다. 처갓집에 가면, 운전하느라 힘들었을 텐데 방에 가 누워 있게, 라고 말씀하시는 장모님이 있고 그 방에 가면 게임을 하고 있는 처남이 있다. 어머니 덕에 새로운 가족이 생겨서 또 좋다. 외할머니가 된 어머니가 당신의 딸이 낳은 장애아를 사랑해주어서 좋고 또 좋다. 거리낌없이 방에 누워 코를 골며 낮잠 자는 사위가 되어서 매우 좋다. 장가를 가면 가장 먼저 따뜻한 처갓집이 생겨서 좋은 것이다. 아내는 시댁이 생겨서 좋은 건지 어떤 건지 장담할 수 없지만.

어머니와 삼겹살을 먹는다. 처제와 처남과 아내와 내가 둘러앉아 고기 굽는 소리를 낸다. 백석에게 국수가 있다면 내겐 삼겹살이 있다. 내 아내의 어머니, 즉 나의 또다른 어머니는 늘

옳으니까.

너의 심장이 제대로 뛴다면

 못된 왕비는 사냥꾼에게 백설공주의 심장을 가져오라 하였지. 왕비는 공주의 심장을 뺏고 자기가 이 세상에서 가장 아름다운 여인이 되고 싶었던 거였어. 하지만 사냥꾼은 백설공주가 너무나 불쌍해, 혹은 믿을 수 없이 아름다워 그렇게 하지 못했단다. 백설공주의 심장은 여전히 뛰었고 그 뛰는 심장으로 좋은 친구 일곱과 사랑하는 사람 하나를 만나게 되지. 그래, 심장이야. 두근거리는 심장이 있다면 우린 무엇이든 할 수 있지. 좋은 사람을 만날 수 있고, 사랑을 할 수 있고, 심지어 가장 아름다운 존재가 될 수도 있단다. 아가야, 그래 심장이야. 너의 심장이 제대로 뛴다면.

 아가야, 너를 수술실에 보내고 엄마와 아빠는 대기실에 앉아 있어. 다운증후군을 가진 아이들은 태어나면서 심장 기형을 안고 오는 경우가 많다고 하네. 너도 그랬어. 네가 오고 아빠가 관심을 가져야 할 것은 바로 너의 심장, 그래 심장이었는데 아빠는 바보처럼 멍청이처럼 네 염색체에만 관심을 가졌어. 염색체는 변하지 않고 심장은 변하는 것인데 변할 수 없는 것을 붙들고 끙끙 앓고 있었던 거야.

 수술실에 들어가기 직전, 온몸에 어떠한 줄도 연결하지 않은 너를 처음 봤어. 매끈한 몸이더구나. 너는 무엇을 하러 가는 줄 안다는 듯이 엄마 아빠와 눈을 마주쳐주었지. 나는 매끈하고 부드러운 네 몸을 매스로 가르고 살을 벌리고 혈관과 심장을 만져야 한다는 사실에 마음이 아팠어. 그래, 아프더구나. 엄마는 울먹거렸는데 너는 울지도 않고 간호사에게 안겨 수술실로 가버렸어. 마취를 할 테지만 말 못하는 네가 혹시라도 아플까봐 걱정이었지. 다른 걱정은 하지 않았단다. 수술은 잘될 것이고 너는 다시 우리 품에 돌아올 거니까. 아주 확실하니까.

 이토록 작은 몸이 수술을 한다는 게 믿기지 않았어. 하지만 큰 병원에서는 믿을 수 없는 일이 믿어야만 하는 방식으로 자주 일어나니까, 아빠는 무엇이든 믿기로 했단다. 어릴 때 아빠는 성당에 다녔어. 세례자 요한이라는 근사한 이름도 받았단다. 고등학교 때는 기도하는 게 좋았어. 별다른 건 아니고 편하게 해주세요, 저 좀 편하게 해주세요, 그렇게 빌었던 것 같다. 그러면 신기하게도 마음이 편안해졌거든. 너는 아직 모르겠지만 삶은 불편함으로 가득하단다. 지나고 나면 편해지지. 아빠는 성당에서 시간을 흘려보내고 있었던 걸지도 몰라. 지금 다시 성당에 간다면 또, 저를 좀 편하게 해주세요, 저를 편하게 해주세요, 빌지도 모르겠어. 바보 같은 일이지. 역시 시간이 지나면 네가 수술실에 들어가고 엄마와 아빠가 대기실에 있는 지금도 편안하게 채색될까?

어쨌든 나는 기도했어. 네 심장이 탄탄해지기를. 피가 잘 돌기를. 혈관이 끈기를 갖기를. 여기저기 있다는 구멍이 모두 메워지기를. 의사들이 실수하지 않기를. 그들의 유능함이 더욱 빛나기를. 그대로 이루어지기를.

아가야, 2시간이 걸릴 거라던 수술은 3시간이 지나가도록 아무런 소식이 없어. 대기실 중앙 벽면에는 수술중인 환자들의 이름이 떴다 사라지길 여러 번이었지. 우리는 거기에 우리가 지은 단 하나의 이름이 보이길 바랐어. 좀처럼 이뤄지지 않더구나.

시간은 계속 흐르고 당도하지 않은 끝을 바라보며 엄마와 아빠의 영혼은 불안으로 잠식되기 시작했어. 수술 하루 전, 의사 선생님의 설명을 듣는 시간이 있었단다. 까슬까슬해 보이는 가운을 단정하게 입은 남자 선생님이었어. 수염은 조금 어지럽게 자라났더구나. 며칠 면도를 하지 못한 모양이야. 설마 일부러 기른 건 아니겠지. 하얀 가운이 아니었다면 의사로 보이는 인상은 도저히 아니었거든. 아빠는 그런 생각을 하면서 피식 웃었단다. 아빠는 수염을 기르는 것도 아닌데, 문학 하는 사람이라고 하면 마주앉은 사람이 늘 놀라. 아, 그래요? 그리고 생

각하겠지. 도저히 그렇게 보이지 않는데, 저 사람. 의사 선생님이 슬쩍 친근하게 느껴지기도 했어. 하지만,

선생님은 겨울 해변처럼 무표정하고 말린 오징어처럼 건조했어. 수술이 불러올 수 있는 부작용을 차근차근하게 설명했단다. 이렇게 될 수도 있고, 저렇게 될 수도 있습니다. 너는 절대로 이렇게도 저렇게도 아닌, 건강하게 수술을 마쳐야 하는데. 동의서를 보여줬어. 거기에는 물기가 없었어. 얼마 전까지 너는 엄마 배에서 따뜻하고 말랑한 양수에 둘러싸여 마음껏 헤엄쳤을 텐데, 이제는 딱딱한 병원 침대에 누워 차가운 수술 도구에 닿겠구나. 입술을 앙다문 동의서가 엄마와 아빠를 쳐다보고 있었어. 우리는 꾸벅 인사를 해야 했지. 동의합니다. 동의해요. 그러니 잘 부탁합니다.

의사 선생님이 이면지에 너의 심장과 심장 주변의 동맥을 그려주었어. 그리고 여기는 좁고, 저기에는 구멍이 있고, 이쪽에 역류가 일어난다고 말해주었지. 아빠는 과학 시간이 늘 별로였고 그중 생물에는 더욱 취약했는데 선생님이 삐뚤빼뚤 그린 그림이 진짜 너의 심장 같아서 이면지 아래에 글씨가 보일 때까지 집중했어. 모든 설명을 알아들으려 노력했다. 차라리 내가 의사이고 싶었어. 터무니없는 소리지. 아빠가 그 정도 학교 성적은 아니었거든. 의사들은 공부를 잘했을 거야. 그리고 너를 낫게 할 거야. 나는 흰 가운의 세계를 굳게 믿기로 했단다.

아가야, 네가 수술실에 들어가고 4시간이 돼. 4시간이면 아침밥을 먹고 열심히 일한 후 다시 점심을 먹어야 할 시간 정도는 되지. 너의 심장에서는 지금 무슨 일이 벌어지고 있는 걸까. 아빠는 병원 로비에서 빵을 샀어. 엄마를 주었지. 엄마는 빵을 먹지 않고 굳이 들고 있었단다. 귀찮아보여서 엄마 손에 들린 빵을 도로 가져왔어. 아빠는 그것을 먹었어. 엄마는 먹고 싶지 않다고 했어. 빵은 씹을수록 반죽된 밀이 입안에 풀려. 그리고 고소한 풍미를 내지. 아빠의 입은 고소했단다. 너를 수술실에 보내고 너의 배가 갈라져 거기에 있는 심장에 여러 사람이 손을 대고 있지만, 아빠는 우적우적 빵을 씹고 있었어. 아빠는 배가 고팠단다.

왜 안 끝나지, 왜 이렇게 길지.
그러게 왜 안 끝날까.
2시간이면 된다고 했는데.
그래, 2시간이 더 지났는데.

못된 왕비는 할머니로 변신해서 독이 묻은 사과를 백설공주에게 건넸대. 백설공주는 심장처럼 빨간 사과를 한입 베어 물고 곧 쓰러졌지. 몇 시간을 누워 있었을까. 일곱 난장이는 공주 곁을 얼마나 지켰을까. 많은 시간이 지나고, 거기에 많은 시간을 더한 후에야 왕자라는 녀석이 나타났다고 해. 그리고 다짜고짜 공주와 키스를 했다는구나. 키스가 십전대보탕이라도 되었나보지? 공주는 깨어났고 공주의 친구들은 기뻐했대. 공주의 심장이 다시 뛰기 시작한 건, 아마도 사랑 때문이었 겠지? 엄마와 아빠는 딱딱한 대기실 벤치에 난장이처럼 푹 꺼진 채 무 력하게도 널 기다리고만 있는데.

아가야, 네 수술이 끝났다고 해.
아빠는 사냥꾼처럼 심장이 뛰었단다.

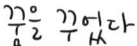

꿈을 꾸었다

　수술을 받은 아이는 며칠 보아온 귀여운 얼굴이 아니었고, 괴로운 듯 찡그린 채 잠이 들어 있었고, 아이 옆에는 크게 아파 보이는 사내가 온몸을 비틀었고, 회복실에서의 짧은 면회는 사내의 상태를 알려주던 의료기계의 다급한 신호에 의해 끝나버리고 말았고, 수술은 잘되었으나 경과는 지켜보자는 신중한 의사의 말을 들었다.

　아내는 며칠 만에 집에서 깊은 잠을 잤다.
　나는 꿈에서 아가 옆에 누워 신음하던 사내가 되었다.

　나는 자꾸 죽었다. 죽음 직전에는 죽음을 몰랐고 죽어서는 죽음이 무서웠다. 죽어서 회복실을 내려다보았고 거기에 다시 내가 있어서 그 모습이 진창 무서웠다. 이상한 반복이었다.

꿈에서 탈출하자 새벽이었다. 어스름 속에서 내 심장에 손을 대어본다. 먹지 못한 밀가루 음식처럼 부어 있던 아가의 얼굴이 떠오른다. 먹다 버린 빵이 떠오른다. 사내에게 달려들던 젊은 의사들이 떠오른다. 쫓기듯 그곳을 나오며 아가를 뒤돌아보던 아내의 얼굴이 떠오른다.

아이가 태어난 지 한 달 된 날 새벽이었다. 그날의 진통도 새벽에 찾아왔었지. 나는 꿈을 꾸는 것 같다. 악몽도 길몽도 아닌, 그저 꿈을. 어떤 꿈은 상상의 바깥에서 맨얼굴로 온다. 아내의 이마를 만지고 다시 눈을 감는다. 꼭 꿈을 꿀 것만 같다.

깊은 잠을 못 잔다. 꿈을 꾸는 것은 고치지 못할 습관 같은 것이 되어버렸다. 그리고 습관이 거의 그렇듯이, 꾸고 잊어버린다. 그런 꿈을 꾸었는지 알지 못한다. 회복실에서의 장면은 꿈에서 보았다. 오래되어 잊어버린 장면 중에 하나가 분명했다.

꿈에서 은재가 말했다.
"나는 다운증후군을 가진 어린이에요."
내가 대답했다.
"나는 못나고 못됐고 그래서 아픈 어른이야."
은재가 묻는다.
"그럼 내가 더 좋은 건가요?"
나는 확언한다.

"그럼 그렇고말고. 네가 훨씬 좋은 거야."

아이가 신이 났다.

"우와. 우와."

나는 우리 아이 옆 침대에서 투병하던 사내가 되어 꿈길을 걷는다. 아이의 감탄사가 밝고 경쾌했다. 이번에는 소리를 지르며 깨어났다. 꿈에서 사내가 죽었다. 나는 살아서 깨어났다. 해가 부쩍 떠올라 있었다. 늦은 아침이었다. 제 시간에 병원에 도착하려면 지금부터 서둘러야 한다.

이건 꿈이 아니다. 이제 나는 사내가 아닌 아빠가 되어야 한다.

이건 꿈이 아니다. 나에게는 가정이 있다. 딸과 아내가 있다.

이건 꿈이 아니다. 현실이다.

이건 꿈이 아니다.

그리고 이건

내 꿈이기도 했다.

하루에 세 번 아프고 수없이 예쁜 아이

수술 후 컨디션을 어느 정도 회복한 은재는 일반 병실로 왔다. 이제는 더이상 신생아집중치료실에 있지 않아도 되었다. 신생아 딱지를 뗀 것이다. 아기는 현실의 일원이 되었고 그에 따라 급박한 위험에서도 벗어났다. 꿈같은 시간이었다.

5인실이었다. 24개월을 병원에서 보낸 여자아이를 만났다. 26개월이 되었으니, 두 달을 밖에서 살고 나머지는 병원에서 산 셈이다. 은재의 맞은편 침대에서 아이는 몇 가지 장난감을 풀어놓고 놀고 있었다. 좁은 사각형의 병원 침대가 아이의 놀이방이자 공부방이자 치료실이었다. 아이는 눈이 커서 겁이 많아 보였고 눈썹도 짙었다. 언제 했는지 파마머리를 해서 작은 귀 옆으로 머리카락이 구부러져 올라갔다. 목에는 정기적인 석션suction을 위한 관이 연결되어 있었고 틈만 나면 등을 두드려 분비물을 빼주어야 했다.

아이의 부모는 병원에 오지 않았고 우리 어머니와 동갑이라는 할머니가 아이를 돌보고 있었다. 병원의 모든 간호사가 아이의 어머니처럼 보였다. 할머니는 병원의 터주신이 되어 이런저런 사정에 참견을 했다. 이 정도 수술이면 한 달 걸려 나가겠네. 의사가 그렇게 말했다면 다음주 정도에 퇴원하겠네. 오후 수술보다는 오전 수술이 아이에게 좋아. 저 의사가 말은 퉁명스럽게 해도 진찰은 정성스레 잘하더라. 저 의사는 아직 미혼이다. 저 간호사는 착하다. 저년은 싸가지가 없다. 그런 것들.

아이는 갑상선에 관련된 희귀병을 앓고 있다고 했다. 병원에 오래 있었지만 아이답게 귀여웠다. 가끔 와서 친절하게 머리를 쓰다듬는 주치의 선생님에게는 어리광을 부리고 자주 와서 주사를 놓거나 해 귀찮게 구는 의사 선생님 앞에서는 징징 울었다. 할머니는 어린아이의 재롱에 웃다가 숨소리가 거칠어지면 능숙한 솜씨로 목에 낀 분비물을 빼냈다. 그리고 굵은 목청으로 간호사를 불렀다. 하루에 세 번 정도 아프고, 하루에 수도 없이 예쁜 아이였다.

5인실의 환자는 자주 바뀌었다. 은재는 수술 때문에 생긴 상처가 제대로 아물지 않아 입원 기간이 더 길어졌다. 아픈 아이가 이토록 많은지, 아픈 아이의 엄마들이 이토록 강한지 거기서 알았다. 할머니는 은재 엄마에게 말한다.

"그건 여기서는 비교적 간단한 수술이지. 더 심한 경우를 내 손가락, 내 발가락, 아니지, 아니지, 남의 손가락 발가락 모두 합쳐도 모자랄 정도로 많이 보았다고 내가. 그뿐이야? 그네들 모두 무사히 병원에서 나갔지. 퇴원할 때마다 내가 손 흔들어 빠이빠이 해줬다고 내가. 내가 우리 현이랑 이 병원에서 2년을 있었다고 내가."

며칠 후 할머니는 빨간 립스틱을 곱게 바르고 옷맵시도 챙기며 오전부터 거울 앞에서 부산했다. 아들이랑 며느리가 오는 날이라고 했다. 그들 가정에 있을 나름의 사정에 관여할 노릇은 아니었지만, 우리 내외는 어쩐지 그들에게 적대적이 되어, 아이 엄마가 나눠준 음료수도 먹기 싫은 것이었다. 그들의 아이는 병원에서도 인정한 희귀한 병을 앓고 있다. 24개월 동안 네 차례 수술을 했고, 또 예정되어 있으며 그 또한 마지막 수술이라고 장담할 수 없는 상황이다. 그리고 무슨 일인지는 모르겠지만 부모는 아이 곁에 없다. 그날 밤 할머니의 울음소리를 짧게 들었다고 아내가 말했다. 아주 짧았지만 아주 슬픈 소리였다고 한다.

현이의 건강을 그리고 현이 할머니의 행복을 믿는다.
이 믿음이 이뤄지지 않을 이유가 그들에게 없다.

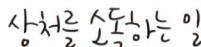 상처를 소독하는 일

열었던 옆구리가 닫히는 과정이 문제였다. 잘 아물지 않고 진물 같은 것이 생기는 모양이었는데, 병원의 설명으로는 아직 살이 너무나 연약하기 때문이란다. 연약하지. 저 연약한 몸안에서 한 차례 수술이 벌어졌다. 그러나 연약한 살 속에 여러 장기들은 굳건하게 뛰고 있다. 곧 아물 것이다.

소독은 상처가 덧나거나 다른 병균에 감염되는 걸 막아준다.

따뜻한 부성이 시작되어야 할 자리에 깊은 생채기가 생겼다. 그건 스스로를 할퀸 자학의 자국이다. 아이를 바로 안지 못하고 병원을 떠돌면서, 수술실에 들여보내고 회복하는 과정을 지켜보면서, 그리고 꿈과 현실을 오가면서 아팠다. 혼자 집으로 돌아가는 차 안에서 라디오를 크게 틀어놓고 소리를 질렀다. 라디오 주파수는 꿈쩍도 하지 않았다. 나오던 노래 또한 멈추지 않았다. 이제 나는 노래를 부른다.

부성이 어디에서 시작되는 건지 잘 모른다. 막연하게나마 사랑하는 여인의 배가 아파 나온 자식이기에 아이를 사랑하게 되는 건 줄 알았다. 나를 닮았으므로 사랑함이 당연할 거라 생각했다. 하지만 사랑보다 상처가 먼저 생겼고, 아파하는 부은 아이의 얼굴과 새된 울음소리, 힘이 없는 숨소리가 독한 알코올이 되어 상처를 감쌌다. 인정사정없이 환부를 파고든 그것들이 상처를 단단하게 하고 있다. 새살이 돋을까 혹은 흉터가 될까.

캠퍼스를 막 떠나온 것으로 보이는 젊은 의사들이 은재 소독을 맡아 한다. 다리를 단단히 잡고 간호사가 팔을 잡는다. 그리고 은재의 옆구리에 소독약을 바른다. 거즈를 갈고 붕대를 감는다. 아이는 자지러진다. 글로 옮기기 힘든 소리를 낸다. 아내는 그것을 바로 보지 못해 한적한 복도에서 눈시울을 적시고는 한다. 나는 소독을 하는 아이의 상처를 피하지 않고 본다. 찡그린 아이의 얼굴도 본다. 내 가슴이 뜨끔뜨끔 아프다.

소독은 상처가 덧나거나 다른 병균에 의해 감염되는 걸 막는다고 한다.

은재야, 아프니?

나도 아프다.

그러고 보니 3월 하고도 중순이 되었다. 창밖은 이미 봄이다.

은재의 옆구리에 보송보송한 새살이 돋아나고 있었다.

상처가 깨끗하게 소독되는 중이다.

> 오늘은 그녀의 생일이다
> 나는 그녀의 남편이다

홍대에서 가장 유명한 딸기 케이크 집에 들렀다. 평일인데도 줄이 꽤 길었다. 가장 큰 케이크를 주문하고 포장을 기다린다. 아내는 병원에서 아이를 지키고 있고 나는 집과 회사에서 삶을 지키고 있다. 얼른 우리 둘이 합체해야 세상에 평화가 올 것인데, 아직 아니다. 딸기 케이크는 부서지기 쉬웠다. 나는 최대한 수평을 맞춰 빠른 걸음으로 차에 탔다. 비탈길과 커브길을 조심스레 통과했다.

아내는 같은 과에서 학점이 가장 좋은 후배였다. 물론 나는 학점 따위에 관심이 없는 예비역이었고, 최대한 비뚤어져서 그리고 조심성 없이 대학 생활을 즐겼다. 내가 그녀를 좋아한 건 그녀가 갓 만든 딸기 케이크처럼 예뻤기 때문이었다. 학점이 얼만지는 관심에 없었다. 나는 학교에서 시를 쓴답시고 수업에 빠지면서 당구장에 들락거리고 시답

잖은 농담을 자주 던지는 선배로 통했다. 그나마 긍정적인 방향으로 편집한 나에 대한 평가다. 재수가 없다느니, 여자를 밝힌다느니, 신경질적이고 허세가 있다느니 하는 이야기는 그냥 못 들은 체하겠다. 사실이 아니니까!

아내가 왜 나와 사귀어주었는지는 확실치 않다. 다만 아내는 마치 잘못된 선택을 회상하는 노파처럼 그날을 떠올리곤 할 뿐이다. 내 애인이 된 대학생은 한국문학에 있어 몇 없다고 소문난 수준 높은 순수 독자였다. 내가 잘생겨서 날 만나주는 것으로 알았는데, 그게 아니고 내가 평소에 시집이나 계간지를 끼고 다녀서 점수를 딴 것이었다. 그녀는 본격적인 연애에 들어서자 함께 독서일기 쓰기를 제안했고 나는 잘 보이기 위해 읽는 책의 범위를 급속도로 늘렸다. 그녀와 영화 이야기를 나누기 위해 프랑스나 독일, 일본 영화를 찾아보았다. 시를 쓰면 가장 먼저 그녀에게 보여주었다. 보여주기 위해서 더 썼다. 우리는 같은 날 대학을 졸업했고 나는 대학원을 다니며 시인이라는 게 되어버렸다. 그녀는 선생님이 되고 싶어 꾸준하고 대단한 노력을 기울였으나 반복해서 실패했다. 나는 하고 싶은 일을 하게 되었고 그녀는 하고 싶은 일을 하지 못하고 있다.

병원에서 생일 축하 노래를 부를 수는 없었다. 촛불도 켜지 못했다. 병실은 심장 수술을 앞두거나 막 심장 수술을 받을 아이와 아이들의 부모가 있었다. 나는 그저 홍대에서부터 애지중지 모셔온 딸기 케이크를 꺼낸다. 부실한 집중력 때문인가, 한쪽 생크림이 눌렸다. 반듯한 쪽을 갈라서 같은 병실의 다른 보호자들에게 나눠준다. 우리는 과일주스와 비타민 음료, 감귤과 단감, 롤케이크와 카스텔라 따위를 나눠 먹는 사이다. 맛있을 거예요. 유명한 데서 샀거든요. 괜한 말을 붙여본다. 아내와 달콤한 케이크를 한입 베어 문다. 우리 셋이서 처음 맞는 가족의 생일이다. 앞으로의 생일도 거의 그렇겠지. 그땐 집이면 좋겠다.

육아의 괴로움을 아직 모른다. 은재가 퇴원하면 본격적인 고투가 이어질 것이다. 아내는 결혼해서 친구도, 아는 사람도 별로 없는 곳으로 와 나와 함께 산다. 그리고 아이를 돌볼 것이다. 당연히 육아에 동참하겠지만 어쨌거나 나는 아침이면 직장으로 간다. 아내는 말 못하는 아이와 둘이서 보내야만 하는, 충만하고도 고독할 시간들을 견뎌야 한다. 그녀는 커피를 좋아하고 소설을 좋아하고 어려운 영화와 해외 드라마를 좋아한다. 이제 자신의 시간에서 좋아하는 것들을 줄이고 해야 하는 것들을 늘려야 한다. 누구에게도 쉬운 일이 아니다.

아내의 삶이 다채롭고 반짝거렸으면 좋겠다. 충분히 빛이 날 만한 여자인데 그렇지 못한 것 같아서, 앞으로도 쉽지 않아 보여 안쓰럽다. 내 탓 같아서 미안하다. 아이가 주는 애틋함과 따뜻함과는 별개로 아이 엄마로 사는 현실의 무게를 내가 오롯이 다 들어주지는 못할 것이다. 아름답고 현명한 그녀의 인생이 이렇게 결정나는 건가.

그녀는 임용시험을 본 날 오후면 방에 드러누워 일본 드라마를 몰아

봤다. 구조와 진행이 허술하고 유치한 추리물이었다. 첫 장면에 등장하는 무고한 목격자 혹은 피해자의 지인이 꼭 범인이었다. 주인공은 남녀 콤비고, 사건의 추리보다는 시시덕거리는 장면이 더 볼만했다. 이상한 중독성이랄까. 일본 드라마의 특징은 결말에 있다. 인생의 진리나 교훈을 장황하게 말하는 식이다. 범인은 순순히 물러나지 않고 자신이 범인이 될 수밖에 없었던 사연을 구구절절 풀어놓는다. 누구도 그의 말을 제지하지 않는다. 등장인물의 표정은 묘하게도 진지해서 우스꽝스럽게 느껴졌다.

내가 그녀의 인생에 범인이 된 걸까.

생일 축하해. 우리는 교훈을 주고받지 않는다. 메시지는 뒤로 숨긴다. 나는 사랑한다고 말하지 않았다. 병원은 공공장소니까.

좁은 침대에서 아이가 깰까 새우잠을 자다 새벽에 일어나 수유를 할 아내가 여기에 있다. 오늘은 그녀의 생일이다. 나는 그녀의 남편이다. 그리고 내 이야기를 장황하게 하자면,

나는 범인이 아니다. 우리는 인생이라는 범인을 잡는 절묘한 콤비다. 아이에게 다 희생하지도 않고 그렇다고 아이를 놓지도 않는 방식으로 살 것이다. 누구의 어머니 아버지가 아닌 우리 자신으로, 동시에 부모로 가족으로 살 것이다. 우리가 함께 본 드라마의 주인공은 단 한

번도 추리에 실패하지 않았다. 추리하며 살아야지. 우리는 지금 어디에 있는지. 어디로 가야 하는지. 거기에는 무엇이 있는지. 작은 틈으로 다 파악할 테다.

즐거운 마음으로 고무장갑을 낀다

아내에게서 이렇게 많은 머리카락이 빠져나올지 몰랐다. 며칠 동안 집에 혼자 머물렀는데 구석과 구석, 모서리와 모서리에서 끊임없이 긴 머리카락이 나왔다. 마음먹고 청소하기에는 내 마음과 몸 모두 심란했으므로 눈에 보이는 것만 손가락으로 대충 집어버리는 식이었다. 더러운 집에서 혼자 있었다. 괜찮았다. 내 안이 내 밖보다 깨끗할 거라는 편견은 없어진 지 오래다.

아기가 있는 집은 그래서는 아니 된다. 아기의 안은 아기 바깥의 세계보다 깨끗할 것이 자명하다.

집에 중한 손님이 오신다. 내일은 은재의 퇴원이 예정된 날이고, 오늘은 즐거운 마음으로 고무장갑을 낀다. 구석에 숨은 먼지를 끄집어낸다. 손에 쥔 걸레는 금세 시커멓게 변하고 걸레가 다녀간 길은 윤이 난다. 이런 문장들처럼 청소가 쉬우면 좋겠지만 허리를 굽히고 더러움을 굽어보는 일은 쉬이 질리고 나는 주저앉아 멍해진다. 땀이 난다. 냉수를 마신다. 문득, 내 안이 깨끗했으면 좋겠다. 아버지라는 존재가 되기 위해 할 일을 생각한다. 누군가의 아버지가 되다니, 두려운 일이다.

우리들의 아버지는 대체로 무능력한 존재였다. 좋았던 시절도 있었으나, 그에게 있었을 몇 차례 좋은 기회를 그는 살리지 못했고 반대로 몇 차례 위기는 무사히 넘기지 못했다. 그렇게 무능력하며 무기력하고 무력한 인간이 되어버리기 일쑤였다. 아버지는 극복할 대상이 아니라 잊어야 할 과거 그리고 불쑥 화가 치미는 상처다. 나도 아이에게 그런 아버지가 될 수 있다. 아버지라는 종목에 자신감이 없다. 마치 처음 하는 게임에 동참한 아이처럼 허둥거릴 것만 같다.

이런 생각을 진지한 표정으로 오래할 수 있는 날도 오늘이 마지막일 것이다. 청소를 마치면 나는 충분한 잠을 잘 것이고 아침에 일어나는 대로 병원에 가 마지막 회진 후에 집에 올 것이다. 아버지는 운전을 하고 아버지는 돈을 벌고 아버지는 타이르고 아버지는 훌륭하고 아버지는 근엄하고 아버지는 친근하며 아버지는, 아버지는, 아버지는…… 우리들 아버지는 거의 그렇지 못했던 것 같지만 나는 무엇이든 해볼 참이다. 다시 걸레를 빤다. 비틀어 짜자 구정물이 뚝뚝 흘러나온다. 한 사람의 아버지가 되기 위해 내 속을 깨끗하게 정비하고 싶다. 복잡한 마음도 씻어내리고 싶다.

허나 방법을 모른다.
나는 아버지를 미워했다.
지금은 불쌍해한다.
생각하고 싶지 않다.

아버지가 기억난다. 내 양 겨드랑이를 안고 번쩍 들어 던지고 받았다. 천장에 머리를 쿵하니 부딪치고 울었다. 깜짝 놀란 아버지가 괜히 크게 웃으며 머리를 쓰다듬으며 "괜찮아? 괜찮네. 괜찮아, 괜찮으니까 울지 마"라고 말한다. 동네 골목에서 달리기를 했다. 내가 열 걸음을 앞에서 뛰었다. 아무리 해도 아버지가 이겼다. 도착점에 훌쩍 먼저 도착해서는 씩씩거리며 달려오는 나를 안아주었다. "아빠가 이겼네? 아빠가 이겼다. 그래도 잘 달리네, 우리 아들. 한 번 더 할까?" 나는 심장이 쿵쾅쿵쾅 화를 내서 못하겠다고 했던 것도 같다. 주공아파트 공터에서 배드민턴을 쳤다. 해가 기울어져 셔틀콕이 보이지 않을 때까지 높고 아름다운 포물선을 서로 그렸다. "언제 이런 걸 다 배웠어? 선수 해도 되겠는데? 이제 들어가자 응? 더 해? 그래 한 번만 더? 이제 안 봐 줄 거야."

청소를 하다 말고 코를 푼다. 어느덧 더러워진 내 안이 또다른 나를, 그러니까 아버지를 거부하고 있었다. 내 아이 또한 자기 안의 세상이 바깥의 먼지로 가득차고 난 후에는 아비인 나를 미워하고 거부하지나 않을까. 청소를 하면서 아버지를 생각한다. 완벽한 아버지가 될 때까지, 이 생각은 멈추지 않을 것만 같다.

    다시 더러워지는 방처럼.
    나는 미안해진다.

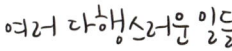

여러 다행스러운 일들

오른쪽에서 소리를 내면 오른쪽을 바라보고, 왼쪽에서 소리를 내면 다시 왼쪽을 보는 일.

눈동자 두 개가 보고 싶은 방향에 따라 가지런히 움직이며 가운데로 몰리지 않는 일.

손가락이 곧고 관절이 모두 움직이며 무언가를 집을 수 있을 정도로 악력이 있는 일.

항문이 열려 있고 몸에 쌓인 잉여들이 스스로의 힘에 의해서 바깥으로 나오는 일.

코 아래에 반듯한 인중, 인중 아래에 다시 반듯한 입술이 오물오물 움직이는 일.

발음을 내기 편하도록 적절한 두께의 혀가 입안에서 자유자재로 움직이는 일.

무언가를 입으로 삼키고 그것이 목구멍을 통과해 온몸의 영양소가 되는 일.

폐로 들어온 공기에서 산소를 얻고 노폐물을 다시 내보내는 일.

팔과 다리를 꼬지 않고 한 번에 원하는 대로 움직이는 일.

심장이 일정하게 뛰어서 피를 온몸으로 공급하는 일.

사람의 몸이 제대로 한다고 알려진 거의 모든 일.

사람의 일.
삶의 일.
일.

당연한 일은 없다.
모든 일은 고귀하고 신비하다.
아기는 제 할 일을 열심히 하고 있다.
같이 할 일은 같이 할 것이다.
일을 잘하고 싶다. 무엇보다
우리가 일을 하고 있어서
다행한 일이다.

은재가 집에 왔다

은재가 집에 왔다. 내가 쓰던 베개에 눕히니 베개가 꼭 아기 침대 같았다. 이렇게 작았구나, 은재는. 병원에서는 몰랐어. 은재는 집에 도착하자마자 기저귀를 가는 순간을 이용해 정성스레 빨아서 깔아놓은 새 이불에 오줌을 쌌다. 우리는 허겁지겁 수습을 하고 한참을 깔깔 웃었다. 이제 실수를 해도 간호사에게 시트를 갈아달라고 말하지 않아도 된다. 이불에 남은 아이의 동그란 오줌 자국이 좋아서 코를 대보았다. 아내가 변태 같다고 타박했다. 내가 킁킁거렸나? 그래 킁킁거렸어. 아, 그랬구나. 그리고 나서 또 큭, 큭, 숨이 막히게 웃었다. 은재도 방싯, 또 방싯, 배냇짓으로 화답했다. 아내와 나는 아주 좋아서 죽을 지경이었다. 집에 와서, 우리의 집이니까. 아내가 그랬던 것처럼 은재도 이렇게 말하는 것 같았다.

"이 정도면 괜찮네. 쾌적해. 부담없이 오줌을 눌 만큼."

이사를 자주 다녔다. 이사한 집이 쾌적했던 적은 별로 없었지만 크게 개의치는 않았다. 한번은 골목에서 길을 잃어버렸다. 동네 슈퍼에 혼자 간 게 화근이었다. 파란색, 보라색, 주홍색, 검정색 대문은 모두 낯설었다. 입을 꾹 다문 괴물처럼 보였다. 비슷해 보이는 지점에서 초인종을 누르면 될 텐데, 초인종은 대부분 주인집과 연결이 되어 있고 우리집은 주인집이 아니었다. 나는 결국 울고 말았다. 손에 들린 '새콤달콤'이 후두두, 떨어졌다. 나는 작은 괴물들을 주우며 울었다. 왜 또 이사를 한 거야. 좋지도 않은 집으로. 엄마가 뒤에서 안아주었다. 나는 이사한 집 앞에서 울고 있었던 것이다. 엄마가 있고 집도 찾았으니 그걸로 괜찮았다.

주공아파트로 이사를 하게 되었다. 주공이라도 아파트는 아파트. 아파트에 살아본 적 없었던 소년은 이사한다는 소식에 신이 났다. 이제 방도 생긴다고 했다. 학교도 바로 앞에 있었다. 이사 당일, 소년은 놀랐다. 승강기 없는 아파트의 5층이 우리가 살 집이었던 것이다. 생각보다 낡은 집에 소년은 실망했지만 소년은 실망을 감추는 데 재주가 있었다. 그곳에서 초등학교를 졸업할 무렵에는 5층에서 1층까지 타잔처럼 뛰어서 내려왔다. 한 번에 일고여덟 개 계단을 점프하며, 입으로 로봇이 변신하는 소리를 냈다. 친구들을 불러모아 높은 베란다에서 아찔한 놀이도 했다. 병아리를 키우기도, '부루마블'을 하기도 했다. 재미있는 게 많았다. 그 정도면 괜찮았다.

　다시 주택 2층으로 이사했다. 커가는 여동생에게 방을 내주기 위해서였다. 나도 방을 달라고 볼멘소리를 하는 동생이 제 방으로 칩거하게 되어 소년은 반가웠다. 소년은 동생보다 작은 방을 썼다. 여자는 채광이 좋은 방을 써야 한다는 아버지의 논리에 굴복했다. 어둡고 음침한 방이 더 끌렸다는 사실은 말하지 않았다. 386 컴퓨터를 켜기에 좋은 방이었다. 모니터 빛이 온 방을 채웠다. 게임을 하는 동안 부모님은 싸우기도 하고, 헤어지기도 하고, 다시 만나기도 했다가, 결국 좋지 않았던 것 같다. 잘 기억나지 않는다. 게임 CD와 인기가요 복제 테이프, NBA 선수 카드를 모아두기에 방은 충분히 넓었다. 동생은 동생의 방에서 나름의 날을 보냈을 거고, 나는 나대로 그랬다. 그것만으로도 괜찮았다.

　더이상 소년이 아니게 되면서 몸은 커지고 마음은 작아졌다. 그리고 집과 방에 만족하지 않게 되었다. 그건 지금도 마찬가지다. 주변 아파트 시세와 끝없이 오르는 전세가가 머릿속에 자연스레 입력되었다. 어디로 가든, 거기가 어디든 이제 나는 괜찮지 않을 것이다. 썰물과 밀물처럼 수없이 이사를 다니는 동안 우리의 부모도 그랬겠지. 눅진한 갯벌에 작은 구멍을 내는 농게가 되어 이리저리 떠돌았을 것이다. 커다랗고 단단한 거울이 앞에 놓인 것처럼 답답하고 분명해서, 괜찮지가 않다, 전혀.

긴장이 풀렸는지 우리 세 식구는 모두 깊은 잠에 빠졌다. 아이에게 있어 우리집이 아무래도 괜찮을 것이라는 오뚝한 긍정이 생겼다. 물론 청소를 열심히 했기 때문이고 여기에 엄마와 아빠가 있기 때문이며 틀어놓은 보일러가 따뜻하기 때문이다. 그리고 은재야, 너 때문이다.

수유는 키스처럼

육아가 시작되었다. 본격적인 육아는 새벽의 수유에서 시작된다. 은재는 아직 목으로 넘기는 것에 여러 부담이 남아 있어 식도로 바로 연결되는 관을 코를 통해 삽입했다. 장롱 문고리에 젖병을 거꾸로 매달아 병원에서 알려준 대로 관에 분유를 흘려보낸다. 아이의 입에 젖을 물려보지 못한 아내는 서운한 기색이었지만 도리가 없었다. 그리고 정신도 없었다.

성스러운 호기심을 갖는 것이 좋다. 아기는 우리처럼 하루에 세 끼를 먹는 게 아니고, 정해진 시간에 배를 채워야 한다. 아기는 나 배고프다고 밥을 달라고 말하지 못한다. 다운증후군을 가진 아이는 많이 울지 않는다. 부모에게 보내는 신호가 적은 편이어서, 순하다고 신경을 쓰지 않을 수도 있다. 나는 강박적으로 기저귀를 자주 갈았다. 찝찝할지도 몰라. 아내는 꼬박꼬박 분유를 챙겨 먹였다. 배고플지도 몰라. 우리는 모르는 것투성이다.

가급적 함께 일어나 앉아 시작하는 게 좋다. 우리 둘은 지금 군기가 바짝 든 전방의 초병 그리고 경험이 없는 초짜 이등병이다. 초소의 하늘에는 밝은 별이 여럿 떠 있고 그 별을 바라보며 남은 군 생활을 세어 보는 날들이 많았다. 날마다 자라는 모습이 눈에 보이는 아이를 바라보며 양육의 시절을 견디는 날들도 많을 것이다. 모두 지나고 나면 그리울지도 모른다. 다시 하라고 하면 거부할 것이다. 나라는 지켜야 마땅한 터전이지만 군 생활은 쉽지가 않았다. 아이는 돌봐야 마땅한 존재이지만 양육은 매우 어려운 일이다.

상대방을 존중하는 마음을 크게 가지면 가질수록 좋다. 병원 생활에 이어 초보 엄마의 생활로 접어든 아내의 눈 밑에는 시커먼 저수지가 생겼다. 아이는 그러거나 말거나 자란다. 벌거벗은 몸으로 저수지에 뛰어들어 시원하고 능숙하게 헤엄을 치는 시골 소년처럼 거침이 없다. 원래 그러기 위해 태어났다는 듯, 울고, 싸고, 보챈다. 우리는 별 불평 없이, 안고, 달래고, 노래한다. 잘 자라, 우리 아가, 앞뜰과 뒷동산에…… 그렇게 이른 새벽 한 번, 늦은 새벽 또 한 번 깨어 수유를 하는 아내를 말갛게 바라보면서 이것이 몽중인지 취중인지 알 수 없는 경계에 비틀거리다가 부은 눈으로 출근을 한다. 이쯤 되면 내 아이는 무슨 짓을 해도 예쁘고 사랑스러울 것이라는 편견은 빨리 없애는 게 좋다.

육아를 정확하게 5:5의 비중으로 나눌 수 없다면, 갓난쟁이를 키우는 일이 매우 힘들고 그것을 참고 해내는 사람은 과히 중요한 사람임을 빨리 인정해야 한다. 누군가 '집에서 애나 키우면서'라고 말한다면 나는 잘못된 그의 사고를 고치기 위해 불철주야 노력할 것이다.

정성스레 그리고 조심스레 하면 좋다. 가끔 아내는 말도 못 알아들을 아이에게 소리를 높이기도 한다. 그럴 때마다 괜히 도덕군자 흉내내는 꼰대가 되어 "애한테 왜 그래?"라고 말할 필요는 전혀 없다. 그저 조용히 곁에 앉아 그녀의 명령을 기다리거나 눈치껏 행동하는 게 좋다. 지금은 새벽이고 우리는 잠을 못 잤고, 아내는 애를 낳고 쇠약해졌다. 나는 푸석해진 아내의 곁에서 사랑해, 사랑해, 사랑해, 여러 번 말한다. 무얼 하든 부족하겠지만 지금은 연애 초기보다 더 정성스레 아내를 위하는 게 좋다.

어느 정도 익숙해졌으면 이젠 상대방을 믿는 것도 좋다. 은재는 움직임이 좋았다. 손바닥에 손가락을 갖다대면, 그것을 쥐는 힘이 꽤 되었다. 그 힘으로 코에 연결된 관을 빼버렸다. 놀라서 아이를 데리고 가까운 병원에 갔다. 병원에서 특별한 조치를 받지는 못했다. 수술을 했던 병원으로 가라는 말만 되풀이했다. 그 병원은 예약 없이는 진료 받기 힘든 병원인데, 그럼 응급실에 가야 하는 걸까, 갈팡질팡하는 사이 아이 밥 먹을 시간이 왔고, 아내는 뭔가 결심한 듯 아이의 입으로 젖병을 가져갔다. 그리고 놀라운 일이 벌어졌다.

작은 입이 오물거리면서 분유를 빨았다.
며칠 동안 함께 지낸 새벽이, 키스처럼
쪽쪽 빛나고 있었다.

아이들은 결국 다 한다

'전국다운어린이부모모임'이라는 카페에 가입했다. 내 주위를 통틀어 나 같은 경우는 내가 유일했지만 카페에는 새로운 가입자가 일주일에 최소 한 명씩은 꼬박꼬박 늘어났다. 같은 경우의 사람들이 모여 경우 있는 대화를 나눈다. 카페 아이디는 아이 이름 앞에 아이의 탄생연월을 붙이고 사는 지역을 나열해 만든다. 예를 들어 '은재아빠(1302고양)'처럼. 이제 컴퓨터를 켜면 나는 가장 먼저 은재아빠가 된다. 트위터도 페이스북도 그후의 일이다(안 한다는 말은 아니다).

카페는 유용한 나눔을 즐기는 느슨하고 내밀한 공동체로 보인다. 공동체의 메시지는 의외로 간단하다. 조급해할 필요 없다. 우리 아이들은 결국 다 한다. 아이들의 속도는 모두 제각각이다. 비교하지 말자. 국가에서 주는 지원은 모두 받아라. 어차피 몇 개 안 된다. 가족과 잘 지내라. 주위에 빨리 알려라. 그럴수록 우리 아이는 사랑받는다.

카페에 긴 글이 올라왔다. 돌이 갓 지난 아이가 세상을 떴다는 글이었다. 글쓴이는 천사가 된 아이를 품에서 떠나보낸 엄마였다. 우리 아이가 떠난 것처럼 가슴이 아렸다. 날카로운 칼에 베인 것처럼 마음에서 피가 새는데 지혈이 되지 않는다. 지혈되지 않는 마음을 댓글로 남긴다. 같은 글을 읽고 같은 마음으로 울 부모들이 있다. 글과 사진을 함께 보며 아픔과 기쁨을 공유한다. 외출하는 것을 좋아했는데 폐렴에 걸릴까봐 많이 나가지 못했다는 문장, 이어서 이럴 줄 알았으면 많이 나가서 놀아줄 걸 그랬다는 문장에서 감정이 무너지지 않고 버틸 수가 없다. 아이가 좋은 곳에 가길, 그리고 그곳에서 잠시 쉬다가 글을 쓴 부모의 건강한 아기로 다시 태어나길 기도한다.

새로 가입하는 회원의 글을 보면 마음이 서늘해진다. 지금 그녀와 그가 맞이한 마음의 파국을 전부 이해하기는 불가능할 것이다. 파국의 면면은 모두 다른 모양일 테니. 그러나 인터넷에 검색을 하고, 카페에 가입을 하고 울면서 글을 남기는 행위만으로도 파국을 면할 준비로 충분하다. 결코 파국이라 불릴 만한 절망이 아님을 깨달을 것이다. 그럼에도 불구하고 새 회원은 적었으면 좋겠다. 아주 없으면 더 좋으리라. 우리는 어쨌거나 장애아의 부모다. 양가적 감정이 왼손과 오른손처럼 자연스럽게 마주치고 사라진다.

모니터에서 시작된 감정의 파도가 마음에까지 들이치는 공동체. 단지 인터넷 카페일 뿐인데, 짧은 시간 동안 이곳이 홍대 단골 카페인 '용다방'이나 '비플러스'만큼 편안해졌다. 그리고 절실해졌다. 아이보다 나와 아내에게 카페가 더욱 필요하다. 편안한 조도의 세상에 나와 널찍한 테이블을 앞에 두고 높이가 좋은 의자에 앉아 친절한 사람들과 따뜻한 커피를 마시고 싶었던 것이다. 각자의 상처를 무릎담요 삼아 둥글게 마주앉은 사람들, 그 사람들 앞에 특별한 염색체들이 있다. 아이들 모두 오래 알고 지낸 친구 같다. 공동체란 그런 거니까.

다운증후군이 최근에만 발생했을 리는 없다. 지금보다 열악했던 시절에도 그러니까, IMF에서 돈을 빌린 해에도, 88올림픽이 열렸던 해에도, 유신 독재 시절에도, 6·25 동란 때에도, 일제강점기에도, 심지어 영·정조 시대⋯⋯ 아니, 아니, 우리 인간이 땅에 발붙여 산 그 순간부터 어디에선가 염색체 숫자가 하나 많은 사람이 태어났을 것이다. 넓고 깊었을 그들의 고충을 생각한다. 훗날 시간이 지나 내 이웃 중에 누군가가 아이를 낳았을 때, 그 아이가 설령 다운증후군이라고 하더라도 아무렇지도 않게 축하를 건넬 수 있는 날이 오기를 바란다. 아마 인간이라는 종이 가진 일말의 선의가 널리 확장된 세계에 우리가 산다면 가능할 테다. 우리는 최악의 상황에서도 인간됨을 포기하지 않으려 노력해왔다. 우리가 원하는 공동체란 그런 것이니까.

지금 우리는, 어떤 공동체에서 사는가.

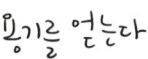

용기를 얻는다

다운복지관은 노원구 화랑대역에 있다. 거기에만 있다. 우리나라에 다운복지관은 한 곳뿐이다. 별로 올 일이 없었던 서울 북동쪽에 와 있다. 상담이 예정된 시간보다 1시간 일찍 복지관에 도착했다. 거기가 어떤 판정이나 결과를 알려주는 곳이 아님에도 불구하고 나의 박동은 빨라졌다. 이른 아침부터 복도를 청소하고 카페 영업을 준비하는 손길이 분주했다. 가만 보니 다운증후군 어른들이었다. 환하니 반가워서 인사를 걸려는 순간 먼저 웃어준다. "이야, 애가 참 예쁘네?" 다운증후군을 가진 아주머니다. 복도 의자에 앉아 기다리는데, 다운증후군 청년들이 무슨 교육을 받으러 지나간다. 은재를 보고 씽긋 웃는데, 눈매가 치자꽃처럼 예쁘다. 향기가 난다.

상담 선생님은 이리저리 눈을 돌리는 은재를 보고 호기심이 많아 보인다고 했다. 행동 하나에 무슨 문제가 있는 게 아닌지 걱정하고 의심했던 내가 부끄러웠다. 그게 다 의욕에 찬 호기심이었는데. 미안해, 은재야. 잠시 미안한 표정을 짓고 있는데 상담 선생님 또한 걱정 어린 표정으로 바뀐다. 많이 놀라셨죠. 아직 마음이 경황이 없으시죠. 이젠 그 정도로 힘들지는 않은데, 힘들어야 하나? 적당한 표정을 찾지 못해 선생님의 눈을 피한다. 카페에서 들었던 이야기를 해주신다. 조급증을 떨치면 아이들은 모두 해내요. 여러 지원을 잘 알아보시고 주위의 도움을 받으세요. 그래, 복습은 중요하지. 어쩌면 선행학습이 문제였을지도 몰라. 복습은 확신을 키우고 확신은 용기를 주고 용기는 마음의 안정을 가져온다.

재활 선생님은 은재가 바른 자세를 가졌다고 칭찬해주었다. 우리는 뭐 해준 게 없는데 아이가 알아서 해냈다. 근래에 이렇게 상태가 좋은 아이는 처음이에요. 은재가 태어나고 은재로 인해 누군가에게 칭찬을 받을 일은 별로 없을 거라 생각했는데 오산이었다. 은재로 인해 나는 좋은 사람이 되고 있다. 선생님에게서 딸이 좋은 소리를 듣자, 입이 한없이 옆으로 길어져, 귀에 닿았다. 선생님은 집에서 간단하게 아이를 도울 수 있는 몇 가지 방법을 알려주었다. 양다리를 잡고 교차하며 돌려주면 뒤집기 연습이 되고 다시 오른발과 왼발을 어긋나게 놓고 서서히 균형을 옮겨주면 되집기가 되는 식이다. 선생님이 하면 은재가 아무 일도 아니라는 듯 툭툭 해냈는데 내가 손을 대면 어디가 아픈지 우는 소리를 냈다. 먼저 아이만한 인형으로 연습을 해보는 게 좋아요. 아,

연습이요? 그래요, 연습. 이게 다 연습이거든요.

복지관을 나설 때 온도는 올 때 그것보다 훨씬 따뜻했다.

다운복지관의 시작은 '다운회'라는 복지법인이라고 한다. 다운증후군 자녀를 둔 아홉 개 가정이 설립했다. '다운증부모회'까지 거슬러올라가면 이러한 모임은 1988년부터 시작됐다고 할 수 있다.

그들은 목마른 사람들이었고, 그래서 스스로 우물을 팠다. 아홉 개 가정이 모여 회의하는 모습을 상상해본다. 상상이라고 해봐야, 제다이들이 모여 우주의 평화와 포스를 운운하는 〈스타워즈〉의 한 장면이 떠오를 뿐이다. 제다이들은 궁극의 현명함과 화려한 검법을 가졌다. 그러나 우리는 제다이가 아니다. 그렇게 현명하지도, 무척 강하지도 않다. 얼마나 갑갑했을까. 얼마나 막막했을까. 다행히 나는 누군가로 인해 덜 답답하고 덜 막연하다.

우리에게 현명함은 아이고,
우리의 검술은 부모라는 이름이다.

용기를 얻어서 간다. 은재와 아내의 손을 잡고, 그리고 보이지 않는 다른 손을 굳게 잡고서. 포스가 함께하기를.

4부 수많은 가능성

거짓말을 하면 코가 길어지지

외갓집은 목포 앞 작은 섬, 압해도였다. 앞에 있어서 압해도로 알았는데 낙지의 발처럼 바다를 누르고 있어서 압해押海라고 한다. 외갓집에서 한참을 머물렀는데 그때 몇 살이었는지, 여름이었는지, 꽃이 피었는지 전혀 기억나지 않는다. 다만 나는 『피노키오』를 읽었다. 막 어설프게 글을 깨친 아이에게 『피노키오』 한 권은 신세계였다. 동화책은 『피노키오』가 유일했으므로, 거기가 소년의 유일한 세계였다. 나중엔 책을 통째로 외울 정도가 되어 목포와 압해도를 왕복하는 철선에서 『피노키오』를 달달 낭독했다. 억센 바다 아저씨들이 기특하다며 1000원씩 주고는 했다. 사실 나는 코가 길어지고 있었다. 외운 게 아니라 그냥 기억나는 대로 지껄였을 뿐이니까.

동화를 들려주면 좋다는 말에 음원 스트리밍 서비스에서 동화를 찾았다. 부모가 읽어주면 좋겠지만 세상은 차분하게 책도 읽어주고 이야기도 들려주는 착한 엄마 아빠를 원하지만 실제 엄마 아빠가 늘 기분이 좋고 아이에게 살뜰한 것은 아니다. 우리에게는 우리의 체력과 시간과 삶이 있다. 늘 괜찮다고, 아이를 위해서는 무엇이든 스스로 할 거라 말하는 사람이 있다면, 그의 코는 그때마다 길어지리라.

'동화 이야기'라는 앨범을 재생한다. 『인어공주』와 『백설공주』 『이솝우화』와 『미운 아기 오리』가 들린다. 한 명의 성우가 여럿의 목소리를 냈고 그나마 짧게 편집되었다.

옛날 한 마을에 제페토 할아버지가 살았어요.
나무 인형을 만들며 외롭게 지냈답니다.

은재가 머리를 든다. 고개를 가누며 이야기를 듣는 은재의 귓바퀴를 본다. 귓바퀴 주위를 출렁이며 돌던 소리가 달팽이관을 맴돌다가 은재의 몸속으로 파고든다. 이야기가 아이의 안에서 나름의 작동을 시작한다.

피노키오는 학교 가는 길에 여우의 꾐에 빠지고 서커스단에 팔려가고 당나귀로 변신하고 바다에 빠져 고래에게 먹히기도 한다. 그리고 고래의 뱃속에서 애타게 찾던 제페토 할아버지를 만난다. 할아버지는 피노키오를 찾아 헤맸다. 아픈 할아버지를 위해 피노키오는 장작 대신

에 제 몸을 태우려 한다. 뜨거워진 내장에 깜짝 놀란 고래가 둘을 뱉어낸다. 피노키오는 할아버지 말을 잘 듣는 착한 아이가 되겠다고 다짐한다. 그리고 사람이 된다.

피노키오는 선량하지만 마음이 약한 나무 인형이어서, 쉽게 흔들리며 바른 판단을 내리지 못한다. 거기에 사람도 아니고 인형도 아닌 자신의 정체성에 대한 고민이 있다.

외갓집은 일자형 기와집이었다. 툇마루에 앉아 있으면 열려 있는 대문 너머로 길게 굽이굽이 뻗은 논두렁길이 보였다. 날이 좋으면 그 너머에 바다가 보이고 곳곳에 섬들이 올망졸망했다. 나는 툇마루에서 책을 읽으며 기다렸다. 엄마를 기다렸던가. 오래 기다려야 했다. 『피노키오』를 읽고 또 읽어도 오지 않았다.

세상에 이렇게 쪼그마한 게 벌써 한글을 깨쳤어? 잘 읽네, 잘 읽어. 나는 어느새 칭찬하는 소리도 못 들은 척 즐기는 영악한 아이가 돼 있었다. 불안한 마음에 코를 만지작거렸다.

영악한 아이가 아버지가 되었고
아버지가 좋아하던 이야기를
그 아버지의 분신이 듣고 있다.
이야기는 영원하다.

피노키오는 그 자리에 귀엽고 사랑스러운 그대로 있었다. 이야기와 환상은 인간의 품으로 파고들기를 포기하지 않는다. 거짓말을 하면 코가 길어진다.

언젠가 은재를 위한 이야기를 쓸 것이다. 은재는 내가 쓰는 복잡하고 다난한 글을 이해하기 벅차 할 수도 있다. 환상적이고 아름다운 이야기를 쓰고 싶다. 그리하고 말 것이다.

요정은 피노키오에게
거짓말을 하면 코가 길어진다고 했다.
몇 년 후에 내 코가 길어져 있다면
모두 이 페이지 때문이다.

걱정하는 마음 미안한 마음

"에이, 거짓말하지 마."
"진짜라니까? 방금까지 바로 누워 있었다고!"
"진짜?"
"그래, 진짜!"

은재가 뒤집기에 성공했다. 태어난 지 99일 되는 날이었다. 눕혀놓고 잠시 딴 데 눈을 돌린 사이에 몰래 해냈다. 아내와 나는 아이 앞에서 다시 뒤집기를 기다리며 대기했지만 뒤집는 광경은 101일이 되는 날에야 볼 수 있었다. 우리 아이들은 뭐든 느리다고, 하지만 결국 한다는 말만 여러 번 들었다. 그래서 무엇이든 기다리지 않으려 노력했다. 아무렴 상관없다는 듯이 은재는 제 할 일을 척척 해냈다. 셋이서 100일 축하 노래를 불렀다. 은재는 노래를 아는지 모르는지 딸랑이를 연신 흔든다.

복지관에서 재활 선생님이 물었다.

"다운증후군을 가진 아이에게 가장 큰 편견을 갖고 있는 사람이 누군지 아세요?"

몰라서 묵묵부답했다.

"바로 아빠 엄마예요."

맞다 싶어서 끄덕끄덕했다.

"우리 아이는 소리를 내서 웃질 않아요. 이것도 다운 아기들 특징인가요?"

"이제 소리내서 웃어주세요. 아이도 따라 웃을 거예요."

"우리 아이는 누워서 발을 너무 심하게 구르고 소리를 질러요. 어디 이상이 있는 걸까요?"

"잘 크고 있네요. 활동력이 좋은 거예요. 다운증후군이랑 상관있는 게 아니에요."

"우리 아이는 공갈젖꼭지가 없으면 잠을 못 자요. 다운 아이들이 원래 이런가요?"

"자연스럽게 떼게 될 거에요. 보통 애들도 거의 그래요. 걱정 말고 기다리세요."

아이가 할 수 있는 보통의 행동에 좋지 않은 의미를 부여하고 미리 걱정하는 버릇이 생겼다. 걱정하는 마음이 미안해서 아이를 다시 꼭 안아준다. 앞으로는 이렇게 말할 작정이다.

"우리 아기 또 뒤집었네?"

"우와 다시 해볼까?"

"이제 스스로 앉아볼까?"

"우와 이제 설 줄도 아네?"

"정말 잘 걷네. 잘한다, 잘한다!"

"진짜 진짜 잘하네, 우리 딸. 진짜 진짜 사랑해, 아빠가."

카메라를 들고 손을 잡고

성장앨범이라는 게 있다고 한다. 몰랐다. 50일, 100일, 200일 그리고 돌 사진을 찍어 아이의 크는 모습을 남긴다. 스튜디오에서 전문가가 찍어주기도 하고, 손재주 좋은 부모는 셀프 스튜디오에서 직접 찍기도 할 것이다. 사진에는 취미도 없고 잘 알지 못해 깊게 생각하지 못했지만 어느덧 병원에서 50일을 넘긴 은재를 보니 예쁘고 폼나는 사진을 못 찍어준 것이 못내 아쉬웠다. 아이를 갖기 전에는 허례로 보이던 것들이 막상 내가 아이를 키우자 한번은 꼭 해주고 싶은 것들로 바뀐다. 스튜디오에서 찍은 다른 아기 사진을 봤을 때는 어색하기 짝이 없었는데 그 어색한 사진 좀 찍어주면 어때, 마음이 가는 대로 좀 해주면 어때, 남들이 하는 대로 좀 따라가면 어때, 이때 아니면 해주지도 못할 건데 욕심 좀 부리면 어때. 공연한 오기를 부린다.

물론 자본주의는 내게 적당한 타협을 요구한다. 내가 할 수 있는 일이 있고 내게 부담스러운 일이 있으며 그 사이에서 우리 대부분은 갈팡질팡한다. 가깝고 저렴한 스튜디오를 찾는 것으로 타협에 응했다. 어떤 스튜디오는, 비싼 것들이 늘 그렇듯 상상 이상이었다.

이제 은재도 100일이 넘었고 목도 가누니 사진 찍을 때가 된 것이다. 며칠을 아이 앞에서 까불까불, 웃기기 연습을 했다. 은재는 눈, 코, 입, 모두를 흩날리는 벚꽃 잎처럼 움직이며 웃어주었다. 어디든 상관없겠지, 넌 이미 이토록 믿을 수 없이 예쁜 아이인걸.

●

촬영을 하루 앞두고 괜히 졸업앨범을 꺼내본다. 대부분 어머니가 찍어준 사진이다. 어머니는 사진을 좋아했다. 초등학교 때부터 쓰던 니콘 자동카메라를 오래 애지중지했다. 결국 대학생이 된 아들놈이 엠티에 가져가서는 순창 강천사 구름다리 밑으로 떨어뜨려 없애버렸지만, 고의는 아니었다. 사건 후에 나는 대학생치고 꽤 크게 혼났다. 그 카메라가 어떤 카메란데.

그 카메라에 처음 필름이 꽂힌 건 초등학교 졸업식 때였다. 나는 열두 살짜리 남자애 특유의 표정으로 학교 운동장에 서 있다. 특별히 자주 가는 이발소에서 귀 옆머리를 시원하게 밀어버린 후였다. '서태지와 아이들'의 양현석 스타일을 시도한 것이었으나 그냥 우스꽝스러운 남자애가 되었을 뿐이다. 장난기가 얼굴에서 대폭발을 일으키던 녀석은 점심 때 불낙을 먹으러 가서는 살아 있는 낙지가 팔팔 끓는 육수에 던져지는 모습에 질겁하고 다른 걸 먹겠다고 대들다가 아버지에게 크게 혼나고 혼자 삐쳐 방에 틀어박혀 다시 서태지를 들었다. 〈하여가〉 정도 되었던 것 같다.

중학교 졸업식 사진에서 나는 교복 상의에 바지는 버클이 달린 블랙진을 입고 있다. 'NIX' 아니면, '292513 STORM'. 교복 바지가 발목 위까지 올라와 도저히 입을 수도 없었다. 무엇보다 검정색 쫄쫄이 청바지를 입어줘야 졸업식 끝나고 꾸역꾸역 찾아갈 광주 시내에서 좀 먹힐 것 같았다. 나와 내 친구들은 학교 체육관 뒤편에 계란과 밀가루를 숨겨두었다. 몰래 전을 부치려는 것은 아니었다. 매 순간 우리에게 욕설을 퍼붓고, 습관적으로 매를 들던 선생들 차에 장렬하게 뿌릴 참이었다. 지겨운 졸업식 내내 계란과 밀가루 생각뿐이었다. 졸업식이 끝났다. 성공했느냐고? 글쎄, 안 알려줄 거다.

고등학교 졸업식에는 부모님이 오지 못했다. 그래서 사진이 없다. 어쨌든 나는 대학에 합격했고, 싸구려 정장도 한 벌 사서 입었다. 대학 이름과 합격자 이름이 가득 적힌 학교 정문에서 우두커니 있었다. 꼭 뜨거운 냄비에 들어가는 낙지가 되는 기분이었다. 발버둥을 치고 발판에 힘을 꽉 주어도 벗어나지 못할 구렁에 나는 있다. 밀가루도 계란도 없이 우리는 노래를 불렀다. 〈스승의 은혜〉를 부르다가 슬쩍 〈어머니 마음〉으로 바꿔 부르며 강당의 모두가 키득거렸다. 그랬던가? 모르겠다. 사진이 없다. 그날 졸업식은 희미한 엉망진창이 되어 기억 속 가장 먼 곳에 있다.

대학교를 졸업할 때는 다른 카메라였다. 학내 백일장에서 상을 받아 장만한 디지털카메라로 사진을 남겼다. 아내와 같은 날에 졸업했다. 그때까지도 서로 사돈이 될 거라고는 전혀 예상하지 못했던 두 어머니는 데면데면한 간격을 두고 인사를 나눴다. 우리는 각자의 꽃다발을 들고 팔짱을 끼고 사진을 찍었다. 사진을 보니 꽃이 셋, 크나큰 낙지 하나가 있다.

・

은재의 100일 사진은 꼭 첫번째 졸업사진 같다. 신생아 졸업사진이라고 우겨본다. 그래, 은재와 사진을 많이 찍어야겠구나. 아내는 집에서 틈만 나면 사진을 찍는다. 스마트폰으로 찍어서 은재를 보고 싶어 하는 가족들에게 보내준다. 고향의 부모님은 아이의 웃는 모습, 귀여운 얼굴을 받아보고 싶겠지만 포즈를 취할 일이 없는 아이를 제대로 찍기란 쉬운 일이 아니다. 처음 은재 사진은 그냥, 어 여기 아이가 있구나, 싶은 사진이었다. 그러나 시간이 지나면서 아내의 사진 기술도 아이를 따라 자랐다. 카메라가 달린 휴대전화를 처음 쥔 여고생의 셀카

능력이 나날이 발전하듯이, 일취월장했다. 그럼에도 불구하고 좁고 어지러운 방이 배경이라 근사한 사진은 아니었다. 곧 사진을 찍으러 간다. 은재가 주인공이 되어, 제대로 된 스튜디오에서.

사진을 찍기 전에 깨끗해 보이려고 목욕을 시켰다. 따뜻한 물을 받아놓고 아이의 부드러운 몸을 문질렀다. 은재는 목욕을 좋아한다. 물에 발을 구른다. 우리는 입고 있는 옷이 반쯤은 젖어서는 촉촉하게 웃는다. 은재야, 시원해? 참방참방. 은재야 따뜻해? 첨벙첨벙. 아껴둔 드레스를 입히고 구경하러 온 아이 고모까지 대동해서 스튜디오로 출동했다.

은재가 계속 잔다. 자다 일어나 짜증을 낸다. 은재는 졸리다. 사진 따위는 아무래도 좋다는 듯, 무표정하게 견디다가 툭 잠으로 떨어진다. 은재야, 일어나야지? 툭. 은재야, 웃어야지? 툭툭.

아기 사진을 찍기 전에 목욕은 금물이다. 당연히 몰랐다. 원래 사진 찍기 전에 깨끗하게 단장하는 거 아닌가? 아이는 씻지 않아도 깨끗하고 예쁜데, 우리가 무리하고 무지했다. 따뜻한 물에 목욕을 하면서 한바탕 놀고 나면 아이는 노곤함을 느낀다. 노곤한 아이에게 카메라를 들이대다니 고단하고 곤란한 일이었다. 우리는 촬영을 중단했다. 다음 촬영일을 예약하고 쓸쓸히 퇴각했다. 직원분이 상냥하게 웃으며 위로를 건넨다. 한 번에 끝나는 아이는 거의 없어요. 그래도 다음번엔 목욕은 시키지 말고 오세요.

   바보 같다. 웃으며 첨방, 또 웃으며 첨벙, 그럴 때 내가 직접 사진을 찍어주면 되는데. 고급 DSLR는 아니어도, 내 수준에 알맞은 카메라가 집에 멀쩡히 있는데. 그저 스튜디오에서 아이를 웃기려고만 했다. 낯선 공간에서 갑자기 무슨 웃음이 터질까. 왜 안 웃니, 좀 웃어봐, 앞에서 까부는 아빠가 얼마나 답답했을까. 바보 같진 않았을까.

   두번째 시도에서 은재는 졸지는 않았으나 몹시 울었다. 웃는 사진은 한 장, 무표정 여러 장, 우는 사진 몇 장이 건진 전부다. 은재는 울 때 입술을 삐죽이며 눈을 꾹 감는다. 우는 사진을 베스트 컷으로 골랐다. 오늘 추억은 은재 우는 얼굴로 하지 뭐. 내 눈에는 우는 얼굴도 예쁘기만 해.
   아이는 학교를 다닐 것이고 해마다 사진 찍을 일이 많을 것이다. 나는 최대한 내 눈으로 아이의 모습을 담아내고 필요한 사진을 그때마다 남길 것이다. 사진을 찍어야 하는 중요한 날이면 거기에 빠지지 않고 나와 아내가 있으면 좋겠다. 둘 중 하나는 카메라를 들고 둘 중 하나는 아이의 손을 잡고 그렇게 우리가 함께였으면 좋겠다. 불낙은 먹지 않겠다.

   내 머릿속에 사진 하나가 인화된다.
   상상 이상으로 좋은 사진이 될 것 같다.

남편은 게으르고 세상은 부지런해

아이와 시장이나 마트에 가는 게 좋다고 한다. 이건 바나나야, 이건 사과야, 이건 포도야. 손가락으로 짚어주면서 말을 걸어주면 인지 발달에 도움이 된다. 마트에 데려가 아이가 모두 알아듣는다 생각하고 다정히 말을 걸어준다. 마트는 사물이 많으니 말 걸기에 더 좋은 장소다. 미안하다. 거짓말이다. 사실 내가 쇼핑을 좋아한다. 전통 시장도 좋고, 대형 마트도 좋다. 살림을 잔뜩 사서 집에 쟁여두는 재미가 있다. 아내는 이해하지 못한다. 다수의 경우에 비하자면 역할이 바뀐 셈이다. 내가 홈 인테리어 소품에 정신이 팔린 사이에 아내는 아이에게 말을 건네기 바쁘다. 이건 상자야, 이건 시계야, 이건 옷걸이야.

아내는 마트나 시장에 다니는 걸 즐기지 않는다. 사람 많은 곳은 피하는 편이다. 요즘은 인터넷으로 살 수 없는 게 없는데, 왜 굳이 나가?

인터넷이 무슨 화개장터야? 뭔 소리야, 하나도 안 웃겨. 미안. 됐어. 진짜 미안, 그러니까 나가자. 됐다니까. 이런 대화를 나누느니 은재를 팔아서 외출을 하는 게 좋다. 나가서 은재에게 수박 보여주자! 은재 아직 수박 못 봤지? 이러면 길게 설득할 것 없이 아내는 외출 준비를 한다. 은재도 옷 갈아입자, 무슨 옷을 입을까? 나는 이미 신났다.

아이를 데리고 하는 외출은 쉽지 않다. 나는 나가자고 꼬드겨만 놓고 외출 준비엔 건성이다. 남자들은 그렇다. 동네 마트 가는데 뭘, 입던 옷 그대로에 모자 하나 푹 눌러쓰면 되는 거다. 아내는 비비크림을 바르기 시작한다. 예전엔 본인 화장에 가장 많은 공을 들였겠지만 이제는 아니다. 기저귀 가방을 챙기고 아까 분유를 먹었던 시간을 계산해, 돌아올 시간을 정한다. 오래 걸릴 외출이라면 보온병에 젖병에 분유에…… 상황은 더욱 복잡해진다. 상황이 복잡할수록 아내가 짜증을 낼 확률은 높아지지만 대부분의 남편은 아내가 짜증을 내기 전까지 상황의 복잡함을 알아채지 못한다. 아둔한 짐승이여, 눈치가 없어 슬프도다.

아이와의 외출이 주는 고단함은 비단 남편에게서만 비롯되는 것은 아니다. 주말 마트에서 카트와 유모차를 하나씩 밀고 다닌 적이 있었다. 누군가 뒤에서 그랬다. "거 복잡한데 애까지 달고 와서는." 출근하는 길도 아니고, 아파서 병원에 가는 길도 아니며 우리는 그저 시장에 와 있을 뿐인데, 무어 그리 바쁜지 알 수 없는 노릇이었다. 황당하고 민망한 마음에 속이 상해 급히 집으로 돌아왔다. 둘이 다녀도 이러한데 아내가 홀로 아이와 함께 거리와 골목, 버스와 전철, 빌딩과 보도를 오간다고 생각하면 까마득해진다. 세상은 쓸데없이 복잡하고 빠르다. 속도를 늦출 의향은 없어 보인다.

요컨대, 남편은 게으르고 세상은 부지런한 것이다. 아직 혼자서 아이를 데리고 나서기 무섭다. 아내는 더욱 그러할 것이다. 아직은 아내와 내가 팀을 이루어 외출하는 게 좋다. 일전에 복지관에 아내와 은재 둘이서 대중교통을 이용해 다녀왔다. 합정역에서 둘을 기다리는데 마치 전쟁터에서 살아 돌아오는 영웅적인 애인을 기다리는 것 같았다. 멀리서 아내가 아이를 업고 온다. 어깨가 아기 띠에 눌려 신음을 뱉는 것 같았다. 늦은 가을인데, 땀을 흘린다. 미안해, 고생했어, 말하면 되는데 다른 말이 튀어나온다.

그러게 택시 타라니까, 말을 안 들어.
택시비가 얼만데 택시를 타, 됐어.

며칠 전 술자리가 파하고 택시를 탔었다. 할증이 붙었으니, 아마 그 정도 돈이 아니었을까. 이름 모를 죄책감의 기습. 복통이 온다. 느릿느릿, 화장실을 찾는다.

역시 남편은 몹시 게으르고 세상은 쓸데없이 부지런하다니까는.

잘 지내시죠? 저희는 잘 지내요

아이를 잠시 맡겨둘 데가 전혀 없다. 이렇게까지 자립적이고 싶지 않았다. 솔직히 말하자면 적당히 기대고 싶다. 본가는 목포에 있고 처가는 여수에 있는데 우리는 수도권 북쪽 변두리에 산다. 고향은 인심 좋고 섬이 많은 바닷가이건만 이곳에는 더럽게 차가 막히는 도로를 양옆에 낀 커다란 강이 전부다. 가끔은 망망대해에 어설프게 만든 뗏목을 타고 둘이서 곧 다가올 거대한 풍랑을 기다리는 기분이다. 물론 기분 탓이겠지. 우리는 충분히 평화롭다. 쓸쓸한 강 위 낡은 유람선만큼.

'시월드'라는 말에 이어서 '처월드'라는 말도 생긴 모양이다. 누구도 그런 '월드'에서는 살고 싶지 않을 것이다. 반도의 흔한 드라마를 보면 곳곳이 월드 천지다. 비현실적으로 천박한 시모, 믿을 수 없이 교양 없는 장모가 브라운관에는 넘쳐난다. 그런 사람은 드라마에서나 존재하면 좋겠다. 하지만 드라마는 현실을 비추는 과장된 거울인바, 그래도 거울은 거울인 셈이다. 거울을 보는 모든 부부는 자신의 앞에 배우자의 부모와 가족, 가정의 역사가 아른거리는 것을 분명하게 느낄 것이다. 거울에 비친 우리 모습이 늘 아름다울 수는 없을 것이다.

  우리의 월드는 저 멀리 남도에 있다. 아내는 은재를 낳고서 어머니와 부쩍 친해진 모습이다. 아이를 주요 소재로 두고 가끔 내 뱃살 걱정을 곁들이면서 오래 통화한다. 물론 시어머니는 완전한 어머니는 아니어서, 전화를 받는 아내 목소리가 친정어머니 때의 그것과 미묘하게 달라진다. 거기에서는 내겐 언젠가부터 완전히 끊겨버린, '상대방에게 친절함을 전달하려는 적당한 음계'가 느껴진다. 친정어머니와 통화할 때는 무뚝뚝한 딸이 되고, 시어머니와 전화할 때는 살가운 며느리가 되는 것이다.

  아내는 최선을 다하고 있다. 나는 최선을 다하고 있는 것 같지는 않다. 전화를 자주 하지는 않는다. 괜한 공수표를 날려 생색은 생색대로 내고 환심은 환심대로 사려고 한다. "뭐 필요한 거 없으세요?" "이번 연휴에 어디 여행갈까요?" 물론 두 어머니 모두 손사래를 친다. 나는 이걸 노리고 있는지도 모르겠다. 이러다 갑자기 "그래, 집에 김치냉장고를 바꾸고 싶다!"라거나, "텔레비전을 보니 대만 온천이 그렇게 좋다더라!"라고 말씀하시면 어떡하지? 아찔하다. 그래, 공수표는 적당히, 따뜻한 안부는 무한히.

잘 지내시죠? 저희도 잘 지냅니다.

부모와 가까이 사는 이들이 부러울 때가 많다. 그들은 가끔 아이를 할머니 할아버지에게 맡겨두고 둘이서 오붓한 식사를 할 수도 있을 것이다. 주말이면 찾아뵙고 더 오래되어 숙련된 손맛의 집 밥을 함께할 수도 있을 것이다. 아이가 아프거나 다른 위급한 일이 생겼을 때, 누군가 빠르게 찾아올 수도 있을 것이다. 우리 부부가 할 수 없는 일들이다. 외따로 떨어져 살기 때문이다.

"우리 엄마(아빠)는 달라."
보통의 남자들이 흔히 갖는 치명적인 착각.

아직 착각으로 판명나기 전이다. 다행히 지금까지는 특별한 문제가 없었다. 멀리 살기 때문인지, 아니면 우리 가족이 정말로 남들과 다른 평화로운 유전자를 가져서인지는 알 수 없다. 단서가 있기는 하다. 바로 은재다.

특별한 유전자를 타고난 이 녀석을 두고 우리는 서로의 부모에게 늘 감사하다. 우리의 거울에 비친 우리의 부모는 항상 아름답지는 않아도, 영원히 고마울 것이다. 은재를 받아들이면서 보여줬던 어른들의 정갈한 대범함을, 이해와 포용을 간직할 것이다. 꺼내서 복습할 것이다. 우리는 뗏목도 유람선도 아닌 튼튼한 두 발로 단단한 지면 위에 서 있다. 여기가 우리의 월드다.

잘 지내시죠? 우리도 (당신이 보내주신 세계에서) 잘 지냅니다.

조심조심 고속도로

　명절이다. 단단한 지면에 반듯한 선을 그어놓고, 반질반질하고 둥그런 바퀴로 선을 따라 달린다. 우리는 지금 고속도로 위에 있다. 가뜩이나 작은 차에 유아용 카시트까지 설치하니 옹색하기 그지없다. 간단한 어른 짐과 복잡한 아기 짐을 이리저리 끼워넣는다. 나는 풍선 터트리기 게임을 빙자해 서로의 호감을 확인하는 대학생들 사이에 낀 가련한 풍선처럼 작은 차가 펑 터져버리지는 않을까 걱정이다. 그런 일은 없을 것이다. '실용적이고 감각적인 밀키베이지 경차 M'은 충직하게 잘 달린다. 내가 차에 불만을 제기할 때마다 아내는 그것에게 별명을 붙여 다정히 불러준다. "아침아, 아침아, 고생했어, 수고 많았어." 뒷자리에 설치된 카시트 덕에 다리를 온전히 펴지 못하는 상태에서 몇 시간 운전대를 잡은 건 나야! 라고 말하지는 않았다. 아내에게 '아침이'는 자동차와 운전기사를 포괄하는 개념일 것이다.

아이는 카시트를 딱히 거부하지 않는 편이다. 작은 차로 달리는 장거리 운행에서 뒷자리의 승차감은 그리 좋은 편이 아니지만 아이는 카시트에 얌전히 누워 창밖을 구경하며 옹알이를 하다 스르륵 잠든다. 우리는 운이 좋은 부모다. 은재 때문에 괴로운 적은 없었다. 은재 덕분에 행복하다. 아이도 그랬으면 좋겠다. 그런 마음으로 조심스럽게 운전을 시작한다. 그러다 이내 속도를 높인다. 아주 난폭하지는 않지만 그렇다고 얌전하게 운전하지는 않는다. 누가 차 곁으로 사납게 달려들면, 내가 경차를 몰아서 저게 무시하는 건가, 하는 이상한 자격지심에 시달린다. 페달을 힘껏 밟아버린다. 이렇게도 마음이 못났다. 좋은 아버지가 될 수 있을까. 적어도 도로 위에서는 힘들 것만 같다.

내가 반듯한 고속도로 위에서 마음의 파도를 방치하고 있을 때
아이는 카시트에 잠들어 있고 아내는 뒷자리에서 아이를 본다.
어디서든 좋은 아버지가 되어야만 하는데.

여수에 들러 하루 자고 목포에 가는 일정이다. 두 곳 모두 차가 전혀 막히지 않는다는 가정하에 4시간 정도 걸리지만, 여기는 대한민국이고 이 나라에 차가 막히지 않는 날은 없다. 그리고 차가 막히면 몇 시간이 걸릴지 아무도 모른다. 게다가 우리에게는 아이가 있다.

신나는 리듬의 성인가요가 지나친 볼륨으로 휴게소 일대를 장악하고 있다. 오랜만에 허리를 편 나는 몸을 살짝 흔들어본다. 아내는 음악

에 망측하게 반응하는 나를 피해 화장실로 가버린다. 모르는 사람이고 싶은 건가. 가을바람이 싸늘하다. 아이를 품에 단단히 안는다. 이제 절반 온 건가. 아내가 나타난다. 편의점에서 따뜻한 캔커피와 에너지 드링크를 집는다. 드링크를 삼킨 후에 커피를 마신다. 절대로 졸면 안 된다. 졸리지도 않지만 혹시나 졸리면 큰일이다. 좋은 아버지가 되자. 그러지 않으면 큰일이다.

  드디어 여수에 들어섰다. 아내가 애인이던 시절, 여수의 초입에 완전히 반한 적이 있다. 차창에 기대어 공장 매연과 매연 앞의 바다와 바다 뒤의 섬들을 보는 게 좋았다. 이제는 그런 거 구경 못한다. 아이는 여전히 잔다. 아내는 좁은 차에서 아이 기저귀를 몇 차례 가느라 지쳤다. 게다가 뒷좌석 승차감은 정말이지 좋지가 않다. 아내는 차에 오르면 성격이 급해진다. 타인의 자동차가 미적거리거나, 매너가 없는 행동을 보이면 가차 없이 짜증이 튀어나온다. 원래 욕은 하지 않지만 이대로 면허를 따서 대한민국 거리에 나선다면 욕쟁이 아줌마가 될 것이 분명하다. 난 차라리 그녀가 무면허인 상태로 '아침이'를 애용해주었으면 한다. 나는 그녀를 위해 평생 운전할 수 있다. 그러나 은재가 태어나고 상황은 그렇게 돌아가지 않았다. 아내는 나의 애인이 아니라 은재의 엄마로서 곧 운전을 해야 할 입장에 처했다. 솔직히 그 모습을 보고 싶지 않다. 물가에 애를 풀어놓은 것 같을 것이다.

  여러 생각 끝에 도착한 여수. 처갓집 담벼락에 차를 붙인다. 나는 간

절하다. 여수의 명물 장어탕이나 땀흘리며 한 사발 먹고 싶다. 그리고 허리 펴고 자고 싶다. 여수에서 목포까지도 2시간 정도가 걸린다. 차는 막히지 않지만 길이 구불구불하다. 은재는 굽이굽이 커브를 꺾는 차에서도 잘 잔다. 처갓집에서 허리 펴고 실컷 잤다. 장가가기 전까지는 가끔 놀러가더라도 불편한 마음이 바깥으로 툭툭 튀어나오곤 했었는데 이제는 오래 살았던 집 같다. 어여쁜 처제와 맥주를 마시고 잘생긴 처남에게 용돈을 주는 일은 썩 행복하다. 목포에 도착하면 어머니는 이미 아파트 출입구에 우리를 마중나와 있을 것이다. 구겨넣었던 짐을 다시 든다. 나는 간절하다. 어머니가 비벼주는 육회나 한 접시 가득 먹고 다리 뻗고 텔레비전이나 보고 싶다.

카시트에서 얌전히 잘 자던 은재는 사실 멀미를 앓고 있던 것일지도 모른다. 울지 않고 토하지 않으니 막연히 괜찮을 거라 믿을 뿐이다. 내 몸 하나 힘든 것만 투덜거렸지 말 못하는 아이가 긴 시간 여행하면서 겪을 공포나 피로, 어지럼증이나 배앓이 같은 건 크게 신경쓰지 않았다. 멀미에 힘겨웠는지 아님 편안하게 있었는지 알 수 없다. 아이는 말이 없고 시간은 지나간다. 다만 한 가지 확실한 것. 운전을 조심히 하자. 운전을 잘하자. 천천히 가더라도 안전하게 가자. 목포에서 다시 사는 집으로 되돌아오는 길은 반대의 경우보다 덜 막힌다. 아이는 역시나 대부분 자면서 이동 시간을 견뎠다. 집 앞에 주차를 마치며 나는 또 간절하다. 냉장고를 열어 전에 할머니가 보내준 배즙을 꺼내 한 봉지 쪽쪽 빨아먹고 은재와 아내와 나란히 누워서 한숨 자고 싶다.

무사히 집에 왔다. 그것만으로 좋은 아버지가 된 것 같다. 아이는 그때서야 편안한 표정이 되어 맘껏 뒤집는다. 카시트 안에서 적잖이 답답했을 것이다. 벌써부터 너무 멀리 다니게 해서 미안해 아가야. 그리고 고마워. 아내가 말한다.

고생했어. 수고 많았어.
아침이가?
아니.
그럼 내가?
음…… 우리 은재가.

괜찮다. 아내에게 우리 은재는 아빠인 나도 포함된 이름일 것이다. 서서히 잠이 온다. 집이라는 카시트 속에서 나는 우리 가족 중에 가장 쌩쌩한 은재에게 운전을 맡겨버린다. 눈꺼풀이 무력하게 감긴다. 감기는 눈을 붙잡고 은재가 옹알이를 한다. 우리 은재가, 좋은 딸이다.

화장실의 몽둥발이들

집이 좁으니 화장실도 좁다. 아내는 좁고 어두운 화장실에서 아이 목욕을 시키는 중이었다. 나는 막 퇴근을 했는데, 아이가 물장구를 치고 있어서 매우 좋았다. 아이를 번쩍 들어 안았다. 옷 다 젖게 왜 그래. 어차피 세탁기에 넣을 옷들인데 뭘. 아내에게 아이를 내어주고 옷을 갈아입기 위해 문을 여는 순간. 날카로운 울음소리가 들린다. 은재는 이렇게 울지 않는데……

초등학교 1학년이었던가, 광주로 막 전학을 왔을 때니까 맞을 것이다. 사글세방에 살 때 화장실은 방문을 열고 신발을 신고 마당을 대여섯 걸음 걸어야 나왔다. 그 걸음이 싫었다. 그래서 어지간하면 오줌을 참았는데 나중에는 급기야 팬티에 조금씩 흘리고 말았다. 지린내나는 괴이한 버릇은 1, 2년 정도 지속되었고, 부모님과 비뇨기과에 상담까지 받으러 갔지만 뚜렷한 원인을 알 수 없었다. 그저 화장실이 딸린 집으로 이사를 갔을 뿐인데 자연스럽게 다시 오줌을 가리게 되었다. 젖은 팬티를 입은 채 말리지 않아도 된 것이다.

오래된 대단지 주공아파트 화장실은 양변기가 불량했다. 학교 가장 가까운 동이 우리집이었고 이 집의 어른은 맞벌이를 하였고 텅 빈 집의 오후는 아이들이 모여 장난치기에 알맞았다. 그날도 변기는 막혀 있었다. 작은 일은 그냥 두고 큰일을 보았을 때 세숫대야 가득 물을 받아 한꺼번에 부으면 낡은 경운기에 시동 걸리는 소리가 난다. 느린 회오리가 오물을 태우고 하강한다. 집에 모인 친구들은 16비트 게임기를 나눠 하면서 차례로 화장실에 간다. 막힌 변기를 보고 익숙한 듯 세숫대야에 물을 받아 능숙한 솜씨로 변기에 내리붓는다. 오물이 우줄우줄 내려갈 것이다. 그때 우리는 모두가 같은 구조의 집에서 사는 동네 아이들, 말하지 않아도 통하는 친구 사이였다. 똥 내리는 법을 잘 아는.

양옥으로 이사해 꽤 오래 살았다. 화장실 바닥에 온전히 붙은 타일이 몇 개 없었다. 그것은 괜찮았다. 가장 참을 수 없는 건 자주 막힌다는 점이었다. 발밑에 더러운 물이 차곡차곡 쌓이는 기분이었다. 나는 참지 못하고 전문가를 불렀다. 할머니만 있는 집에 온 이른바 전문가는 아무것도 하지 않고 돌아가야만 했다. 수리비가 너무 비쌌기 때문이었다. 할머니는 마당에 나가 하수구 뚫어요, 방송하며 지나가는 용달차를 오래 기다렸다. 그런 기술자가 진짜 기술자라는 것. 기술자가 집에 온 날 나는 (백석의 시 「모닥불」을 떠올리자면) 하수구에서 빠져나오는 머리카락도, 철수세미도, 음식물 쓰레기도, 소똥도, 갓신창도, 개니빠니도, 닭의 깃도, 개 터럭도 모두 보았다. 하수구에는 불쌍하게도 몽둥발이의 인내심을 갖게 된 할머니의 역사가 있었다.

●

좁은 화장실 벽면에 삐쭉하니 달린 샤워기가 있다. 빨간색과 파란색이 반대로 표기가 되어 있고, 그마저 정확하게 분간되지 않는다. 갑자기 뜨거워지거나 반대로 보일러를 튼 것 같지 않게 차게 식어버리기도 했다. 아내는 막 퇴근한 남편이 수선 떠는 바람에 조금 방심한 모양이다. 샤워기를 바닥에 놓고 무심결에 레버를 올렸는데, 뜨거운 물이 뿜어져나오며 샤워기가 뒤집어졌다. 튀어오른 물방울이 아이의 발목에 세게 닿았다. 응급실에 갔다. 아이는 쉬지 않고 자지러지게 운다. 퇴원하고 집에 와 머물면서 기력이 세진 모양이다. 이런 식으로 확인하고 싶진 않았지만. 급기야 아내까지 아이를 따라 울었다. 미안하다고 운다. 울지 마. 아이를 키우면서 아이에게 미안한 일이 한두 가지가 아닐 거야. 까딱한 순간에 사고는 일어나니까. 하지만 이 정도는 괜찮지 않을까. 아픈 건 미안하지만, 아파보기도 해야 하니까.

은재는 금방 회복했다. 역시 아이는 피부 재생이 빠르다. 심한 화상이 아니어서 다행이었다. 화장실 레버를 교체했다. 직접 사서 해보다가 녹물만 뚝뚝 떨어지고 끝이 안 보여서 결국 사람을 불렀다. 이런 것 척척 해내는 남편이자 아빠가 되고 싶은데 예전부터 기술자 부르는 것만 잘한다. 왁스를 구석구석 뿌리고 박박 닦았다. 이마에 땀이 맺히고 허리가 아팠다. 가만 생각해보니 그간 숱한 화장실을 거쳐오면서 내 손으로 그곳을 청소한 기억은 별로 없다.

그럼 누가 했지?

등뒤가 서늘해진다.
가슴팍이 뜨끈해진다.
이제부터는 내가 '몽둥발이'가 되어야 할 것 같다.
쭈그린 허벅지에 힘을 주고
타일과 타일 사이에 낀 때를
아주 그냥 벅, 벅, 벗겨낸다.

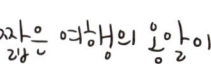

짧은 여행의 옹알이

소설가와 그의 현명한 아내, 바르고 어여쁜 평론가 부부와 떠난 여행에서 주인공은 당연히 아이 둘이었다. 소설가의 딸은 이제 막 아장아장 걷기 시작했다. 펜션 여기저기를 다니며 이제 막 뜻이 되기 시작한 소리를 내주었다. 그 소리가 좋아서 우리는 꺅꺅 웃었다. 은재는 누워서 그 모습을 보았다. 제 딴에는 관심을 받으려고 여러 차례 뒤집기도 보여주었으나, 방을 사선으로 가르며 뛰어다니는 언니의 활동력을 당해낼 수는 없었다. 언니는 확실히 언니였다.

은재가 막 태어났을 때 엄습했던 절망감과 무력감 따위는 일종의 무지에서 비롯되었다. 잘 몰랐다. 그래서 무작정 무섭고 싫었다. 단 한 번만이라도 다운증후군을 가진 아이를 가까이에서 만나봤더라면 조금은 달랐을 것이다. 모든 아가가 다 그렇듯이 예쁘고 사랑스러운 시절을 은재는 지나가고 있고, 아내와 나 또한 은재의 시절을 곁에서 기꺼이 즐긴다. 하루하루 커가는 걸 아까워하면서 지낸다. 왜 몰랐을까. 왜 슬퍼했을까. 그렇게 하지 않아도 되는데. 그렇지 않다는 걸 왜 그땐 몰랐을까.

아이 이야기를, 아이의 염색체 이야기를 어색해하지 않고 마구 꺼내놓으려 한다. 말뿐이 아니라 많이 보여주려고 한다. 이번 여행에 동행한 나의 선량하고 올바른 친구들에게는 이미 아무런 편견이 없을 게 분명하지만 그래도 보여주고 싶었다. 은재가 태어나고 내가 허우적거릴 때 곁에서 혹은 멀리서 위로와 격려를 주었던 사람들이 많다. 고마움을 제대로 건넬 방법을 모른다. 밝게 만나는 것이 일단은 최선인 것 같다.

제부도는 물이 빠지고 들어오는 것에 따라 섬에 들어가는 다리가 존재했다가 사라지곤 했다. 우리는 얇은 바다의 가슴 위 팔짱을 낀 다리를 건넜다. 바다를 구경하다 가랑비에 쫓겨 아무 조개구이집에 들어갔고, 기대보다는 맛이 덜한 조개를 사이좋게 까먹었다. 펜션 마당에서 비눗방울 놀이를 했고 아이들을 멀리 떼어놓고 폭죽도 터트렸다. 숯불을 가운데 두고 옹기종기 앉아 고기도 먹고 술도 마셨다. 큰맘 먹고 산 소고기보다 삼겹살이 더 맛있었다. 수입 맥주는 거품이 더 많았지만 모든 것이 괜찮았다. 좋았다. 착한 아이들은 별 탈 없이 곤히 잠들었다. 약간 벌건 얼굴로 둥글게 모여앉아 종이컵에 남은 술을 따라 마시며 서울에서였다면 하지 않았을 이야기도 나누었다. 가끔 아이들이 잘 자는지 살펴보면서, 먼저 눈꺼풀이 감기는 이는 조용히 잠자리에 들면서.

집에 도착하니 피곤이 몰려들었다. 우리 부부의 특기―너나없이 드러눕기―를 발휘할 때, 어느새 또 뒤집은 은재가 말을 한다. 아니, 말은 아니고 옹알이를 한다.

다운증후군을 가진 아이에게 가장 문제가 되는 점은 언어발달이다. 말을 더듬거나 느리게 하고 단어 운용의 폭이 좁다. 발음도 완전치는 않다고 한다. 그동안 웃어도 소리를 잘 안 내고 옹알이도 거의 없어서 걱정이 컸다. 그런데 지금 은재가 폭풍처럼 수다를 떤다. 반가운 마음에 쌓인 피로가 숲에서 곰을 만난 듯 사라진다. 피로야, 가라.

은재는 아마 함께 여행 온 언니의 말소리가 인상에 남았나보다. 여럿이 있을 때는 잠자코 있다가 집에 와 보여준다. 이렇게 말하는 것 같다.

"나는 잘하고 있어요. 나 잘하죠. 나 예쁘죠."
그럼 그렇고말고. 잘하지! 최고지! 짱이야!

아이에게 최대한 많은 사람을 만나게 해줘야겠다. 또래를 만나면 더욱 좋을 것이다. 아이가 아이를 만나는 일은 서로의 발달에 매우 좋다.

그것이 여행중이라면 더 말할 나위 없다. 걸음마를 시작한 아이가 다운증후군을 가진 동생을 자주 접할 수 있으면 좋겠다. 세상에는 갖가지 사람들이 살고, 그중 나와 다른 사람도 있으며, 우리 모두는 사실 전부 다 다른 존재임을, 그래서 모두 특별함을, 많은 아이들이 어려서부터 자연스레 익히면 좋겠다.

나는 그렇게 하지 못했다.
이제는 최선을 다해, 그렇게 하려고 한다.

병원은 싫어요

   숨소리가 그르렁했다. 그게 며칠 되었다. 그때 빨리 다른 병원에 갈 걸 그랬다. 폐렴이 유행이라더니, 이런 유행은 따라잡지 않아도 되는데. 의사 선생님이 그런다. 폐렴이 의심되네요. 입원하는 게 좋겠습니다. 큰 수술도 견딘 아이지만 이제는 아는 게 더 많아져서인지 아파하고 힘들어하는 게 눈에 보인다. 은재가 눈으로 말한다. '나도 이제 꽤 컸어요, 이젠 더이상 신생아가 아니란 말예요.' 나도 질 수 없지. 눈으로 대답한다. '그런 피곤한 얼굴로 아빠를 보지 마, 아빠도 열라 피곤하거든?' 물론 입 밖으로 내진 않았다.

   아내는 은재가 태어난 직후 겪었던 짧은 병원 생활에서 많은 노하우를 익혔다. 입원을 해야 한다는 말을 듣자마자 병실에서 필요한 물품을 알려줬다. 퇴근 후에 집에 들러 휴대전화를 보며 그것들을 차곡차곡 가방에 담았다. 분유, 분유병, 생수, 물티슈, 수건 몇 장, 클렌징 용품, 갈아입을 옷, 속옷, 기저귀, 휴대전화 배터리, 작은 장난감, 그리고 또……

마음이 급했다. 챙긴다고 챙겼는데 병원에 도착해서 버젓이 메시지로 알려줘도 다 못 챙겨오느냐고 혼이 났다. 언제나 정해진 수순. 미안 미안 내일 가져올게. 은재는 병원 침대에 며칠 굶은 얼굴을 하고 누워서, 웃어주지도 않는다. 아내도 물론 그렇다. 폐렴 한 번은 걸려줘야 올해 태어난 아이지. 농담을 걸었다가 냉담한 반응만 얻는다. 그냥 조용히 심부름만 하는 게 좋겠다.

다운증후군을 가진 아이들은 대체로 심장 기형이 있어 폐기능도 아주 좋지는 못하다. 은재 또한 마찬가지였다. 아이 등을 두드려주는 게 폐에 좋다는 의사의 말에 우리는 부단히 아이의 작은 등을 두드렸다. 주먹을 쥐다 만 모양으로 손바닥을 오목하게 만들어 톡톡 두드려주는 것이다. 병실의 아이들은 거의 심한 감기거나 폐렴이었고, 모두 아이 등을 두드렸다. 그러나 아내만큼 끈질기게, 규칙적으로, 쉬지 않고, 오래 두드리는 엄마는 없었다. 누가 보면 아이를 잡는 줄로 알았을 것이다. 퇴원을 향한 아내의 뜨거운 집념이 병실에 들끓고 있었다.

은재의 폐는 점점 좋아졌다. 긴 여름에서 짧은 가을로 날씨는 완연히 바뀌었다. 은재의 첫 환절기가 요란하게 지나가고 있었다. 어설프게 붙여두었던 문풍지를 뜯고 새로 다시 끼운다. 창문에 뽁뽁이 에어캡도 붙인다. 아이는 긴 입원과 수술을 견디고 집에 와서 나날이 새로 큰다. 이제부터 아픈 건 부모가 아프게 만든 것일지도 모른다. 그럼 안 되지. 이제는 폐렴 따위는 이 집에 발 못 붙이게 해주겠다. 썩 꺼져.

은재는 생각보다 빨리 퇴원했다. 아내의 집념이 현대 의학의 예상을 보기 좋게 깨버린 것이다.

퇴원하는 날, 선물 받은 원피스를 들고 병원에 갔다. 환자복을 벗고 주황빛 치마를 입은 아이. 부쩍 자라서 얼추 몸에 맞는다. 선물 받은 날 한 번 입혀보고 언제 키워서 저걸 입히나 했는데 이렇게 입게 되었다. 가을 하늘이 맑다.

아이는 어디가 얼마나 아픈지 말을 못한다. 말하지 못하는 아이의 메시지를 잘 읽어야 한다. 아빠, 저 어디가 아픈 것 같아요. 그런 메시지. 저 이만큼 컸어요. 이런 메시지.

아내는 아까부터 깊게 잔다. 다시는 우리 둘 다 병원 간이침대에서 잠들지 않았으면 좋겠다. 좋은 메시지만 듣고 싶다.

무엇보다 밸런스

오랜만에 야구를 하러 나왔다. 사회인 야구를 시작한 지 5년이 다 되어간다. 어설픈 폼으로 상대방을 웃기는 데 주력했던 우리 팀은 연차가 거듭될수록 야구를 치열하게 즐기는 어엿한 팀으로 변모했다. 경험이 쌓이고, 연습과 실전을 자주 반복하면 실력은 늘게 되어 있다. 그래봐야 원래 가진 몸의 한계는 분명하지만 우리는 프로가 아니고 동호회니까 괜찮다. 더 잘하고 싶고 또 이기고 싶은 열정이 팀을 굴러가게 한다.

사회인 야구팀에 중대한 영향을 미치는 변수는 부상이나 슬럼프가 아니다. 결혼과 출산이다. 결혼까지는 괜찮다. 눈치껏 주말에 빠져나오는 것도 수완이다. 하지만 애가 생긴다면 사정은 달라진다. 주말을 가족과 보내는 것은 아비 된 자의 고귀한 의무다. 날씨 좋은 주말에 야구장에 나가 캐치볼을 하는 것은 팀의 일원이 가져야 할 필수 소양이다. 그 사이에서 밸런스 잡기가 쉽지 않다. 아이와 놀아주는 주말도 좋지만 간혹 즐기는 취미도 소중한 것이다. 그러나 대개의 경우 취미보다는 아이를 선택하기 마련인바, 아이가 돌이 지나가기 전까지 팀원은 경기에 빠지기가 부지기수이다. 애를 어느 정도 키우고 돌아오면 후보로 밀려나 있기 십상이다. 역시 밸런스가 중요하다.

나는 후보가 되어 있기 쉬웠다. 다행히 팀원 숫자가 딱 맞는 날이어서 경기에 출장할 수 있었다. 아이와 분투를 벌이는 아내는 나가서 바람도 쐬고, 야구하는 형들도 만나고 오라는 아름다운 배려를 보여주었다. 사양하는 척 고개를 젓다가 눈치보고 야구 장비를 챙겼다. 오랜만에 하는 경기인데 이기기까지 했다. 안타도 쳤다. 경기가 끝나니 시간은 오후 5시. 저녁 먹고 들어가라는 감독님의 말씀에 우중우중 따라나선다. 저녁 6시, 대뇌의 피질에서 일탈의 감정이 피어오른다. 집에 늦게 들어가고 싶다. 술을 마시고 싶다. 놀고 싶다. 문자를 보낸다. "좀 늦어질 것 같은데, 형들이 하도 붙잡아서. 괜찮을까?" 물론 무리하게 붙잡는 형들은 없었다. 내 맘이 내 몸을 붙잡았을 뿐.

아이를 돌보는 일은 당연하다. 사정에 따라 아내가 '제1육아담당자'가 되었지만 여건이 되는 대로 성실하게 육아에 참여해야 할 것이다. 아이와 함께 있고 싶고 아내를 도와야 한다는 생각은 늘 한다. 하지만, 그러나, 그럼에도 불구하고 남자는 가슴 깊은 구석에 사춘기 소년 하나를 숨겨놓고 산다. 놈이 불쑥 튀어나와 말한다. 뭐 어때? 어떻게든 되겠지! 그래, 오늘은 놀아보자. 무슨 일이야 있으려고. 아내도 내가 숨겨둔 소년의 부추김을 이해해줄 것이다.

3차에서 휴대전화 배터리가 간당간당함을 발견했다. 카운터에 충전을 맡기면서 미심쩍은 불안감이 들었지만, 다른 도리가 없었다. 그리고 다시 놀았다. 놀면서 까먹었다. 나를 찾는 전화벨은 언제든 울릴 수 있다는 것을. 1시간 만에 다시 찾은 전화에는 부재중 통화가 여덟 건이 찍혀 있었다. 무심한 아내치고는 많은 숫자였다. 날이 선 문자가 와 있다. 아이는 심하게 울고, 아내는 심히 화가 나 있다. 저 이제 가야 할 것 같아요. 어, 그래 얼른 가, 늦었다. 역시 붙잡는 형님은 아무도 없었다. 내가 미친놈이지. 내가 도대체 왜 아직 이곳에.

집에 가자. 아내를 달래러,

마무리 투수를 투입한다.
그의 구질은 단 하나. 싹싹 빌기.

위기 뒤에 기회가 온다고 했다. 야구는 계속할 것이다. 전화도 잘 받아야지. 뒤풀이는 짧게 해야지. 그것이 모두 야구에서 말하는 밸런스다. 시간이 지나면 은재를 데리고 야구장에 갈 날도 있겠지. 그날 멋진 홈런을 날리고 싶다. 꾸준한 연습과 밸런스 유지만이 좋은 플레이어가 되는 지름길이다.

집에 가서 싹싹 비느라
무릎과 손바닥에 부상이 올 지경이었다.

유일하게 반짝이는 하나의 점

폐렴으로 입원했던 병원 소아재활과에서 간단한 진료를 받았다. 정말 간단했다. 물어보고 싶은 말은 많았지만 어디서부터 물어봐야 할지 몰라 묻지 않았다. 아내와 나는 둘 다 꿀 먹은 벙어리가 되어 이리 뒤집고 저리 고개 돌리는 아이를 쳐다볼 뿐이었다. 대기를 걸어놓지요. 얼마나 걸릴까요? 글쎄, 빠르면 6개월? 늦으면 1년도 걸리고요. 확답은 못 드리겠네요.

다운증후군을 가진 아이에게만 재활이 필요한 건 아니다. 예후가 더 심각한 장애아가 있고 특별한 장애가 없더라도 조금씩 발달이 느린 친구들도 많다. 전문가와 시설은 그에 비해 태부족이다. 복지관에서 받아온 CD를 이용해 은재와 놀아주기로 했다. 같은 장애에도 무거움과 가벼움이 있다면 은재는 가벼운 축에 속해 보인다. 속물적인 부모가 되어 우리 아이의 지점을 파악한다. 그래프 어디쯤에 우리 아이가 있을까. 6개월 아님 1년이 지나면 어떻게 될까.

세상은 참 이상한 것 같다. 아픈 아이의 자세와 걸음마, 언어와 인지를 도와주는 병원은 별로 없지만 멀쩡한 어른의 다이어트, 오뚝한 코, 눈 밑 애굣살을 위한 병원은 많다. 예전에 허리를 다쳐 병원을 찾은 적이 있었다. 대로변에 '외과'가 보여, 무작정 그쪽으로 힘든 발걸음을 옮겼다. 꼬부랑 할머니처럼 꼬부랑꼬부랑 걸은 후에야 시야에 완전히 들어온 외과병원의 정체는 '●●항문외과'였다. 아이고, 허리야. 아이쿠, 똥구멍아. 나는 참 이상한 생각을 하며, 재활치료를 시키려 해도 시킬 수 없는 식은 설렁탕 같은 상황을 받아들이고 있다.

부족한 건 병원뿐만이 아니다. 다운증후군을 가진 아이의 부모는 어린이집을 찾을 때, 초등학교 입학할 때 심각한 고민에 빠진다. 장애마다 나타나는 불편함은 모두 다르다. 어떤 장애는 보통 아이들과 함께 부대끼면서 도움을 받는 편이 더 나을 수 있다. 다운증후군을 가진 아이들은 모방 능력이 있어 특출나다. 또한 일반 아이들과 있는 게 사회성 발달에 도움이 된다고 한다. 그러나 많은 시설이 막연한 두려움이나 당면할 귀찮음을 피하고자 장애아를 원생으로 받기 꺼려하는 게 현실이다. 좋은 마음의 원장님을 만나면 고마워 눈물이 다 난다고 한다. 통합 어린이집에 갈 수도 있겠지만 통합이고 아니고, 장애아고 아니고를 떠나서 어린이집 자체가 부족하다는 사실은 뉴스를 보는 우리나라 사람은 다 안다. 나라에서는 아이를 낳으라 권하지만 현실은 부족하고 부족하고 또 부족할 뿐. 여기에 건강이 부족한 아이를 낳은 부모는 부족함의 모래성에 크나큰 부족함 하나를 더 얹는 셈이다. 이 거대하고 부서지기 쉬운 그래프에서 우리 아이는 어디에 위치할까.

은재는 제때 뒤집었고, 혼자서 앉게 되었다. 앉는 자세가 복지관에서 들은 바른 자세가 아니어서 찾아보니 역시나, 였다. 팔, 허리, 하체 힘을 모두 써서 옆구리 쪽에서 서서히 일어나야 하는데, 엎드린 자세에서 다리를 쫙 벌려 허리를 세우는 편법을 쓰는 것이다. 그렇게 앉고 나면 다리가 심하게 벌어져 있다. 골반에 무리가 가는 자세다. 이리저리해보다 스스로 요령을 터득한 것이겠으나, 우리는 다시 교육에 들어갔다. 옆으로 누운 자세에서 다리를 기역자로 하고 엉덩이를 사선 방향으로 눌러준다. 은재가 끙끙거리며 바닥을 짚는다. 상체를 일으켜 세운다. 다리를 모으고 약간 굽힌 무릎에 손을 댄다. 그리고 칭찬을 해달라는 듯 헤벌쭉 웃는, 우리 아이.

나는 머릿속에 그렸던 그래프를 벗겨내 찢어버린다. 아이가 어디에 있든, 거기가 어디든, 유일하게 반짝이는 하나의 점이다. 무한한 면에 수많은 별이 반짝인다. 별들에게는 상하와 고저가 없다. 그곳은 수학적 그래프의 면이 아니다. 상상 밖의 아득한 우주다. 거기 어디에선가 아이들이 제 빛을 내고 있다.

어린이집이 더 필요하다. 보육교사의 대우도 더 좋아져야 한다. 장애아나 미숙아를 위한 지원도 확대되어야 한다. 아이들에게는 그래프가 없어도 우리 사회에는 그래프가 있다. 우리는 어디에 있나. 얼마나 잘하고 있는가. 주식 그래프만 상승한다고, 부동산 경기만 좋아진다고 모두 행복해지는 건 아니다. 정작 휠체어를 타고 있는 건 정신적 장애를 앓는 우리 사회일지도 모르겠다. 절실한 재활이 요구된다. 우리는 그래프 어디쯤에 있는 걸까.

반가운 똥냄새

똥을 보는 건 괴로운 일이다. 아직 채변 검사의 풍습이 남아 있던 시절, 엄마에게 똥의 일부를 담게 하는 것이 못내 민망하고 죄송했었다. 코흘리개 남자 어린이 특유의 빈곤한 낙천성을 바탕으로 하여, 빈손으로 학교에 갔다. 담임은 똥을 가져오지 않은 녀석들을 불러다 발바닥을 때렸다. 똥을 지릴 만큼 아팠다.

아내는 비위가 약한 편이어서 냄새에 유독 민감하다. 여느 남편처럼 상스럽게 방귀를 날리는 나를 두고 눈물을 흘리며 결혼을 후회했던 그녀다. 그런 그녀가 아이의 기저귀를 간다. 아이가 힘주고 용쓸 때 가까이에 있는 누구라도 뒤처리를 해주지만 결국 아내가 더 자주 갈아줄 수밖에 없다. 똥이라면 질겁하던 그녀가 아이의 두 발을 한손으로 올려들고 아이의 사타구니를 닦을 때 내 여자였던 이 사람이 이제 내 아이의 엄마가 되었구나, 느낀다. 언젠가 아이의 건강이 본래 궤도에 오른 후부터 내가 있는 주말이면 아내는 아이가 똥을 쌀 때마다 여보, 은재 똥, 이러고 만다. 내 아이의 엄마라도 내 아내인 건 확실하구나. 둘은 하나의 인간이니까.

아이가 똥을 싸면 먼저 냄새를 맡고 똥을 들여다본다. 건강을 확인하는 주요한 단서가 되기 때문이다. 먹은 게 소화는 잘됐는지, 너무 묽거나 되진 않은지 본다. 나는 아내와 달리 비위가 강한 편이고 솔직히 말하자면 아이의 똥냄새는 고소하게 느껴질 뿐이다. 말린 기저귀를 들고 쿵쿵거리는 내게 아내는 그랬다. 변태냐고.

언젠가 은재도 내게 똥을 보여주는 걸 부끄럽게 느낄 날이 올 것이다. 문명화된 인간은 각자의 속에서 나온 오물을 금기시한다.

선암사의 명물은 크나큰 대웅전이 아니다. 뒷간이다. 땅을 깊게 파두고 사방이 뚫린 건물을 올렸다. 땅 밑에는 당연히 똥이랑 오줌 천지다. 호기심이 발동한 관광객의 것도 있을 것이고, 시주를 드는 동자승의 것도 있겠다. 그런데 이상하지. 냄새가 아니 난다. 봐, 신기하지? 냄새가 안 나! 하며 꼭 가려야 할 곳만 살짝 가려주는 뒷간에 앉아 처음 엠티를 온 후배들을 골려주기도 했었다. 아래를 보면 타인의 오물이 진득하게 쌓여 있다. 이유식을 먹고부터 은재의 그것도 꽤 인간답다. 언젠가 봄의 선암사에 은재와 아내를 데려가서, 누운 소나무도 보고

흐드러진 벚꽃도 보고 뒷간에서 오줌도 시원하게 누게 하리라.

아이의 발달에 있어 대소변을 가리는 일은 무척 중요하다고 한다. 일단 배변 연습이 잘되어야 어린이집이든 어디든 편하게 보낼 수 있다. 상황을 보아하니 그런 연습의 몫은 나에게 있을 것 같다. 아내에게는 똥이나 오줌 같은 건 아무리 은재의 것이라도 멀찍이 있게 해주고 싶다. 당장 기저귀 가는 것부터 재빠르게 맡아 해야지. 아이의 똥냄새는 점점 더 독해지지만, 나는 그것이 반갑다.

엄마는 신문지를 돌돌 말아 가져가서 내 똥을 찔끔 가져왔다. 더이상 빈손으로 학교에 갈 수는 없었다. 신문지는 어디에 쓰려 했는지 모르겠다. 내 똥도 어디에 쓰였는지 잘 모른다. 지금은 매일 보던 신문처럼 날마다 은재의 똥을 보며 아이 속이 괜찮은지 어떤지 확인한다. 요즘 신문들이 가리지 않고 황색인 것처럼 아이의 그것도 늘 황금색이면 좋겠다. 좀 이상한 붙임인가. 뭐 어때. 똥 이야긴데.

괜찮아, 잘될 거야

아이는 부모에게 있어 걱정을 가득 담은 판도라의 상자와 같다. 상자의 문을 열지 않을 수 없다. 그곳에는 온갖 걱정들이 바글바글하다. 건강하게 잘 자라는지, 성적은 상위권인지, 좋은 학교에 들어갈지, 나쁜 친구들과 어울리진 않을지, 정작 우리 아이가 나쁜 친구인 것은 아닌지, 길에서 자동차에 치이진 않을지, 자동차 옆에서 누군가에게 끌려가는 건 아닌지, 못생긴 건 아닌지, 코를 높여주어야 하는 건 아닌지, 명문 대학에 못 들어가는 건 아닌지, 취직은 할 것인지, 백수로 노는 건 아닌지, 평생 내가 용돈을 줘야 하는 건 아닌지, 혹시 아닌지, 이건 아닌지, 저건 아닌지, 정말 아닌지.

오롯한 기쁨은 사라지고 한줌의 안도감과 한 움큼의 걱정만이 남는다.

아직까지는 아무렇지도 않다. 걱정은 되도록 하지 않으려고 하지만, 나 또한 이미 판도라의 상자를 열었다. 신화에서는 상자가 열리자 인간의 근심 걱정은 모두 허공으로 날아가버리고 유일하게 희망만이 남았다고 한다. 좀 닭살 돋는 이야기다. 아이에게서 희망을 보는 걸까. 혹은 반대인 걸까. 은재에게서는 은재만 보고 싶다. 거기에 구태여 희망이니 하는 추상어를 붙이지는 않겠다. 닭살 돋으니까.

불쾌한 호기심이 담긴 눈빛으로 힐끗거리는 사람들이 있을 것이다. 어린이집이나 일반 학교에서 퇴짜를 맞을 수도 있고, 친구들에게 괴롭힘을 당할 수도 있다. 신체적인 한계가 일찍 올 수도 있다. 아직은 아무렇지도 않다. 그런 일은 지금 당장 벌어지지 않는다. 아직 일어나지 않았고, 딱히 대비할 방법도 없는 일에 대한 걱정은 하지 않는 편이 좋다. 특별한 아이를 키우는 입장에서는 더더욱 그렇다. 부모가 되는 일 전체가 그러하듯, 쉽지 않다. 벌써부터 어려움을 느낀다. 그래서 몇 가지 거창한 원칙을 세워본다.

아이의 삶과 내 삶을 완전히 일치시키지 않는 태도.
나는 나대로 행복하고, 나의 행복이 아이에게 전달되는 삶.
미루어 짐작해 걱정하지 않으며, 여기와 오늘에 응전하는 자세.

오랜 연애 기간 동안 아내는 걱정이 많았고 나는 긍정이 많았다. 나는 걱정하는 애인에게 가끔 노래를 불러주었다.

"괜찮아, 잘될 거야, 너에겐 눈부신 미래가 있어."

다시 노래를 부른다. 며칠 전부터 연달아 들은 뽀로로 노랫말이 입에서 돌고 돈다.

"생긴 건 다르고, 성격이 달라도 우리들은 친구죠. 사이좋은 친구죠."

걱정 인형이 신나게 춤을 춘다.
손에 쥔 안도감과 걱정이 스르르 사라지고
오롯한 기쁨만이 남을 것이다.
그랬으면 좋겠다.

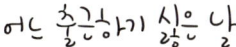

어느 출근하기 싫은 날

추운 날에는 괜히 출근하기가 싫다. 하지만 해야 한다. 이제 막 아이를 낳았으므로 앞으로 최소한 20년은 일을 더 해야 할 것이다. 넥타이를 매지도 않았는데, 목 언저리가 갑갑하다. 아이가 크는 데 필요한 물질적 기반을 내가 별 탈 없이 닦아나갈 수 있을까. 매월 돈을 벌어오고 다시 매월 돈을 쓰고, 다시 다음달 쓴 돈을 메워나가는 삶이 내 인생의 막다른 결론인가. 아이가 주는 충만함에 비례하여 그만한 헛헛함이 생긴다. 매주 복권 번호를 확인하지만 1등은 내 몫이 아님을 잘 안다.

좋은 차를 운전하고 싶다. 멋진 옷을 입고 싶다. 기분 내며 밥이나 술을 사고 싶다. 좋아하는 사람들에게 멋진 선물도 하고 싶다. 출근하고 싶지 않은 날에는 에라 모르겠다, 드러눕고도 싶다. 되는 일도 있고 아니 되는 일도 있다. 안 되는 일이 더 많다. 숱한 날들을 '안 됨' 속에서 살아온 아버지들이 있고, 나 또한 그날들에 속하게 되었다.

아버지는 그다지 성실하지 않았다. 능력이 있거나 한 것도 아니고 타고나길 부유한 것도 당연히 아니다. 잘하고 싶었으나 잘되지 않았을 것이다. 좋은 아버지가 되고 싶었겠지만 방법을 몰랐거나, 운이 나빴거나, 몇 차례 시도에서 실패를 맛봤을 것이다.

아이 소식을 들은 아버지는 집에 바구니를 보내주었다. 수더분한 꽃이 가득 담겨 있었다. 꽃가루가 아기의 몸에 안 좋을 수 있으나 그때 아이는 병원에 있었고 아내는 기분 전환이 되어서 좋다고 했다. 아버지가 어머니와 헤어지던 시기, 아버지가 마지막으로 준비한 것은 꽃바구니였다. 방의 윗목 모서리에 방치된 그것을 나는 오래 보았다. 시들어진 꽃. 시든 인생. 시들어버리는 나의 부모.

이제는 아무렇지도 않다. 원망하지도 미워하지도 않는다. 어머니는 새로운 인연(진실로 좋은 분이다)을 만났고 나는 그분을 기꺼이 아버지라 부른다. 아버지에게 새로운 이가 생긴다면 물론 어머니라고 부를 것이다. 마음에서 우러나온 일이다. 호칭과는 별개로 어쩔 수 없이 드러나는 피의 끌림이 있다면 이마저도 피하지 않을 셈이다.

출근하기 귀찮았던 어느 추운 날처럼 여느 어려웠던 날들도 수많은 다른 날들 속에 묻혀버렸다. 도리어 아버지가 겪었을 '안 됨'을 이해하게 되었다. 아들로서 아버지를 표현할 문장은 별로 없다. 측은하고 안쓰럽다고 써도 되는 걸까. 꽃은 완벽하게 말라서 바스락거린다. 낙엽 자체가 되었다. 아버지는 이제 가을을 지나간다. 그가 포개진 낙엽처럼 살았으면 좋겠다. 온기를 안고.

어렵게 이불에서 벗어나면 곁에 아이가 잠들어 있다. 나를 닮아 뒤척거림이 잦다. 깔아놓은 이불을 엉망으로 헝클어버린다. 아내는 쓸데없는 게 닮아버렸다고 불만이다. 나를 닮는 건 어쩔 수 없는 일. 내가 아버지를 닮은 것도 별 수 없는 일, 자연스러운 일, 받아들일 일이다. 추운 날이면 자다 깨어 아이의 턱밑까지 이불을 치킨다. 역시 나를 닮아 이불을 걷어찬다. 버릇은 유전된다. 나는 내게서 받은 유전을 불식간에 드러내는 작은 생명체의 아버지가 되었다. 숨에 따라 움직이는 아이의 볼이 꽃봉오리처럼 붉다.

출근길의 하얀 입김.
입김에 생겼다가 금세 사라지는 창문의 서리.
갑갑함도 불안함도 불현듯 증발하고 없다.

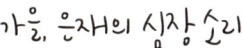

가을, 은재의 심장 소리

　은재에게 첫 봄과 여름이 지나고 가을이 왔다. 겨울에 태어났으니 올가을이 '첫'을 붙일 수 있는 마지막 계절인 셈이다. 주치의는 차트와 초음파 사진을 번갈아 보았다. 그는 말이 많은 사람이 아니었다. 게다가 목소리는 어찌나 조그만지 그가 입을 열면 자꾸 상체가 그의 곁으로 서서히 기울었다. 더 잘 듣고 싶었다.

　6개월 후에 다시 봅시다.

　지난봄에 그가 한 말이다. 그런 말은 예상 바깥에 있었다. 목소리가 작은 주치의는 그날 수술을 이렇게 설명했다. 심장과 혈관에 세 가지 정도의 문제가 있었고, 개복을 하고 보니 두 가지는 당장 수술을 요했지만 한 가지는 더 지켜봐도 괜찮겠어서, 무리하지 않는 선에서 다시 배를 닫았다. 나머지 한 가지가 가장 큰 수술이기도 하지만, 아이가 자라면서 자연스레 좋아지는 경우도 있다.

심장에 구멍이 났다는 말은 연애관계에 주로 쓰이는 비유 정도로 알았다. 하지만 이건 그야말로 물리적 구멍, 위험한 구멍이다. 의외로 구멍이 있는 채로 태어나는 아이가 꽤 되는데 상당수는 자라면서 메워진다는 것이다. 여기에 폐동맥 고혈압 문제가 겹쳤는데 이 모두를 검진하는 날, 다시 6개월의 유예를 받았다. 아내와 내가 원했던 답은 당연히 "모든 게 좋아졌네요. 특별히 다시 오실 일은 없습니다"였다. 그렇다면 아무리 작은 목소리라도 크고 똑똑하게 들었을 것이다. 하지만 몇 번이고 되묻고 말았다. 네? 그럼 안 좋은 건가요?

그리고 6개월이 지났다.

식상한 문장이지만, 시간 참 빠르다. 아이의 시간은 우리가 가진 배기량보다 몇 배 큰 엔진을 달고 있는 듯하다. 하루하루가 다르다. 오전과 오후가 다르다. 그사이 아이는 뒤집을 수 있게 되었고 꽤 의젓하게 앉을 수도 있게 되었다. 무언가 하려는 마음이 보인다. 물론 제 마음대로 안 되는 움직임이 더 많지만 마음대로 해보려고 무진 노력한다. 그래서 아이는 몸과 마음이 모두 바쁘다. 할 수 있는 것과 곧 할 수 있게 되는 것 사이에서의 쉼 없는 운동성.

녀석에게는 하루가 너무나 짧다. 그렇기에 아이의 심장을 초음파로 찬찬히 그리고 낱낱이 살펴보는 건 불가능하다. 아이는 수면유도제를 먹는다. "약이 써요. 많이 보챌 거예요." 간호사는 친절하다. 주사기에 가득한 액체를 아이의 입에 넣는다. 은재는 집에서 먹었던 영양제라고 생각했나보다. 고개를 빼고 입을 내민다. 예쁘네, 잘하네. 그새 이상한 맛이 느껴지는지 인상을 쓰며 뒤로 나자빠진다. 어른 몇이 아이를 단단히 잡고 억지를 쓰며 목구멍에 약을 밀어넣는다. 아이는 잠들 것이다. 잠 같은 슬픔이 밀려온다.

심장초음파 검사실은 어둡다. 쓰임을 알 수 없는 거대한 기계가 조용히 돌아가고, 의사 몇이 바쁘게 움직인다. 아이는 고고히 잔다. 자는 아이 가슴과 어깨에 젤을 바르고 기계를 대니 화면에 심장과 폐가 나타난다. 나는 그것이 무엇인지 잘 모른 채로, 뿌옇게 보이면 안 좋은 건가 걱정하고, 쉼 없이 움직이면 괜찮은 건가 안도한다. 검사 시간은 길다. 의사는 말없이 검사에 집중한다. 고백하자면 6개월 전 검사 때는 살짝 졸기도 했었다. 아내에게는 잠시 깊은 생각에 빠졌다고 말했다. 물론 믿지 않았을 테다.

이번 검사 결과가 안 좋으면 바로 수술에 들어간다고 했다. 자연스레 줄어들지 않는 구멍은 가슴을 열어서 메워야 한다. 아이는 잠시 심장박동을 멈춘 채, 인공 심장에 의지해야 한다. 먼젓번 수술이 끝나고 본 은재의 모습이 기억난다. 몹시 부어 있었다. 인공 심장, 부은 몸. 그런 거는 싫다. 견디기 힘들었다. 두 번은 못한다.

아이가 잠깐잠깐 놀랐다, 다시 잠든다. 약기운이 점차 사라지는 모양이었다. 완전히 깨어나기 전에 차갑고 어두운 검사실에서 나가면 좋겠는데, 주치의는 아직 말이 없다. 아랫배와 허리, 등과 어깨, 배와 가슴을 모두 비춰본다. 말없는 시간이 계속될수록 말을 기다리는 우리는 침이 마른다. 이봐요, 의사 양반. 뭐라고 좀 해봐요. 이윽고 그가 입을 연다.

"1년 후에 다시 오시죠."

이 정도면 지나치게 신중한 것 아닌가?

"혹시 모르니 와서 간단한 검사 받으시고요. 원래 다운증후군을 가진 아이들은 1년에 한 번은 정기검진 받으셔야 좋습니다."

구멍은 거의 없어졌다고 한다. 1년 뒤엔 지금 있는 작은 구멍도 사라질 가능성이 크며, 폐동맥 고혈압은 저번 수술에 의해 잡힌 것 같단다. 체중도 좋고 여러 움직임도 나쁘지 않으니 별다르게 지금 치료를 요하는 것은 없다고 했다. 내가 알기로 이렇게 긴 말을 하는 선생이 아닌데, 이 정도면 다 된 것 같다.

검사실을 나온다. 새하얀 빛이 쏟아진다. 약에서 해방되어 눈을 뜬 은재가 입바람을 분다. 푸, 푸, 나도 따라한다. 푸, 푸, 심장에서부터 들리는 소리. 푸, 푸, 푸. 품에 안은 아이의 심장 소리 우렁차다.

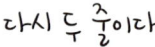

다시 두 줄이다

약국에서 당당하게 임신 테스트기를 샀다. 총각처럼 생긴 내 모습에 약사분이 오해하면 어떡하지, 걱정도 있었다. 농담이다. 기대와 걱정이 뜨거운 물과 찬물처럼 뒤섞여 적당한 온도가 되어갔다. 은재는 조그만 몸으로 이리저리 뒹군다. 부쩍 애교가 생겨서 눈을 쳐다보고 스윽, 웃는다. 깜짝 놀란 척하다, 내가 같이 놀라면 또 웃는다. 비행기를 태워주면 까르르 웃는다. 내려놓으면 다시 태워달라고 짧은 양팔을 양껏 내민다. 화장실에 들어간 아내를 기다리며 은재와 논다. 아무래도 언니가 되기에는 아직 많이 어린 것 같다. 언니가 된 은재라니 꽤 이상하다.

"은재야, 동생과 잘 지낼 수 있니? 엄마와 아빠에게처럼 사랑 줄 수 있어?"

은재의 눈이 놀란 듯 커진다. 조금은 부담인지, 딸꾹질을 시작한다.

나도 따라 딸꾹질한다.

아내가 나온다. 두 줄이다.

영원히 알 수 없지만 끝까지 알고 싶어할 세계 하나가 또 생겼다. 매혹적인 아내 덕이다. 언젠가 짓궂은 형들이 날 보고 '정자왕'이라고 놀렸다. 아닌데요, 나는 '사랑왕'인데요, 하고 서로 진짜 아저씨처럼 웃고 말았는데 이쯤 되니 고민이다. 설마 나, 진짜 왕 아닐까? 왕이 된 기분이다. 세상 모든 왕들이 처음 왕관을 받았을 때 이런 기분이었을 것이다.

뻑뻑한 부담감
꿉꿉한 책임감
음식에 독이 들었을지도 몰라,
전전긍긍하는 마음.

다시 본다. 확실하게 두 줄이다.

은재를 받았던 의사를 다시 만났다. 의사는 은재를 보고 무척이나 반가워했다. 빈말이었겠으나 아이가 예쁘다고 의사답지 않게 호들갑이었다. 진심으로 받아들이기로 한다. 아이쿠, 벌써 언니가 되는구나. 축하 인사를 받는 아이가 꺄아아, 발성 연습을 한다. 언니가 되려면 아무래도 연습할 게 많겠지. 은재가 앞을 볼 수 있게끔 자리를 잡는다. 초음파 안에서 은재의 동생이 또렷하다. 은재는 많이 흐릿했었지. 은재가 있을 자리에 피가 들어찼었지. 너희는 여러모로 닮고 또 다른 아이들이 될 것이다. 틀림이 없이 다른 아이.

장애아의 어린 형제들이 느낄 외로움.
인파가 많은 곳에서 우리 가족에게 쏟아질 뻬딱한 관심.
언니에게 집중되는 부모의 관심과 애정.
형제 몫까지 내가 해내야 한다는 경직된 의지.

모두 막아주어야 한다. 단단한 방패가 되고 싶다. 이제는 한 줄이 아니라 두 줄이다. 두 개의 선이 너무 떨어지거나 붙지 않게, 끊어지거나 꼬이지 않게 아내와 내가 잘 잡을 것이다. 나는 왕이 아니다. 남편이고 아빠다. 우리에게는 양손이 있고 다행히도 두 사람이다. 두 줄이 나와서, 진정으로 기뻤다.

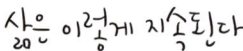

삶은 이렇게 지속된다

은재가 태어날 즈음에 많은 눈이 내렸었는데 올겨울은 은재와 함께여서인지 따뜻한 날들이 계속되었다. 겨울의 변덕이 몇 차례 눈과 바람을 몰고 왔지만 늘 그렇듯 견딜 만했다. 하얀 입김을 내며 집에 들어서면 아내와 딸이 나를 맞아주었다. 주머니 속 손난로처럼 쓰다듬고 만지작거렸다. 겨울이 거의 다 가고 있었다.

새로 이사할 집을 알아보았고 어렵게 구했다. 항상 애쓰며 살아야 한다는 평범한 사실을 어렵사리 받아들이고 있다. 지은 지 얼마 안 되는 작은 아파트에 들어가게 되었다. 이제 집이 좁다고, 불편함을 감수하며 산다고 엄살을 부리지 않아도 된다. 물론 그곳도 내 집은 아니다. 수년을 일해 돈을 모아도 집 한 채 살 수 있는 돈을 모으기는 쉽지 않다. 그렇다고 뛰어오른 전세를 감당하기도 힘들다. 우리는 이렇게 두

런두런 모여 수런수런 뼈를 깎으며 산다. 아무 일도 아니라는 듯이.

집을 구하면서 입안이 다 헐었다. 그리고 돈을 더 열심히 벌어야 하는 입장에 처했다. 예전에는 내 등만 온전히 붙이면 됐었는데 이제는 아니다. 해가 잘 드는 집, 통풍이 잘 되는 집, 주위 환경이 좋은 집, 쾌적하고 따뜻한 집이 필요하다. 그런 게 있었던가? 적어도 나에게는 없었다. 내가 가진 자본과 그들이 보유한 물건을 비교하면서 적당한 집을 구해야 했다. 그건 슬픔을 직시하는 일이기도 하다.

서울에서 첫 거주지는 불광동 반지하 월세였다. 운이 좋았는지 아님 내가 악독하게 살아왔는지, 여기까지 왔다. 얼굴에 철판 깔고 뻔뻔하게 말하자면 꽤 괜찮아진 것 같다. 사는 집이 좋아져서 그런 게 아니다. 나에게는 이제 아내도 있고 딸도 있고 딸의 동생도 곧 생긴다. 집은 세를 얻어 살아 결국 내 것이 아니지만 우리 가족은 서로의 것이다. 평생에 걸쳐 갚아나가고 받아나갈 것이다. 든든한 일이다.

어쩐지 이 나라의 자본주의는 좋은 집에서 살고 싶다는 나 같은 아저씨의 마음을 잘 이용하는 것 같다. 물론 그 마음에는 빛나는 빚이 주렁주렁 매달려 있을 테지만, 오르는 전세와 터무니없는 주택정책에 화가 나지만, 그래서 한숨도 나오지만.

삶은 지속될 것이다. 그것이 유일한 희망이자, 여럿의 비운일지라도.

은재 너는 마법사야

아가야, 아빠는 글을 써. 그리고 안녕하지 못한 세상에서 안녕한 날들을 보내고 있어. 네가 태어났을 때 아빠는 잘못한 게 많아. 그래서 여기에 반성문을 써. 네가 곁에 있어주어서 즐겁게 썼어. 웃기지, 즐겁게 쓴 반성문이라니. 유별난 표정을 짓지 않으려고 해. 그저 글로 울고 또 글로 웃고 싶어. 모든 글에는 표정이 있거든. 아빠가 지은 표정은 어떤 것일까. 아가야, 너처럼 환하게 웃는 얼굴일까, 귀엽게 우는 얼굴일까. 내가 보는 내 글은 왜곡된 거울과 같아서 본모습을 제대로 살필 순 없지. 아마도 책을 읽는 누군가의 입가에서, 눈매에서, 콧잔등에서 드러나지 않을까. 그들이 모두 안녕하면 좋겠구나. 너를 만나기 전에, 다른 천사 아이를 만나 1시간만, 단 1시간만 함께 있어보았다면, 네가 태어났을 때 저질렀던 마음의 잘못을 모두 피할 수 있었을 텐데. 난 이제껏 어디서 어떻게 살았던 걸까. 아가야, 아빠는 보기 좋게 올라간 네 눈꼬리가 좋아. 울 때 삐죽 내미는 입술이 좋아. 낮은 콧등이 좋아. 보드라운 살결이 좋아. 얇고 고운 갈색 머리칼이 좋아. 마흔일곱 개인 염색체도 좋아.

처음에는 몰랐어. 스스로가 무엇을 좋아하는지. 좋아하는 걸 물으면 취향이 없어 우물쭈물하기 바빴지. 기껏 말한다는 게 고기? 돼지고기, 소고기? 이러고 나면 그건 그냥 농담이 되는 거야. 고기는 나 말고도 좋아하는 어른이 아주 많거든. 나는 이제 은재 네가 좋아. 다운증후군을 가진 친구들이 좋아. 사람들이 그러더라. 우리 아이들이 바로 천사라고. 밝게 웃어주고 유머를 즐기고 참을성이 깊다고. 네가 자라면 무엇이 될까. 천사는 직업이 아니니까 직장에서는 네 정체를 숨겨야 해! 등뒤 날개를 찾으러 야단법석이 날지도 모르잖아. 어떤 다운증후군을 가진 어른은 공동 작업장에서 향초를 만들어. 누구는 우체국에서 우편 분류 작업을 하지. 누구는 바리스타가 되어 커피를 만든다는구나. 아빠는 향기 좋은 초를 켜놓고 커피를 마시며 글을 써. 책이 나오면 우편으로 부치지. 무슨 뜻이냐고? 아니, 그냥 그렇다고. 아가야, 싱거운 아빠를 이해해줘.

이 책도 거의 끄트머리에 다다른 것 같아. 여기까지 읽어준 사람들에게 인사를 건네려고 해. 처음 글을 쓸 때는 네가 없었어. 그때 상상한 우리 모습과 동떨어진 곳에 와 있구나. 신기하고 재미있는 친구들을 잔뜩 만난 도로시가 된 것 같아. 어릴 때 오즈의 마법사를 보고 아빠는 생각했지. 어쩜 저 친구들은 지치지도 않고 계속해서 걸을까. 택시도 타지 않고, 업어주는 아빠도 없는데. 아빠는 엄마랑 벤치에 앉아 쉬었다 가기도 하고 낮잠도 자고 가다가 이상하면 다른 길로도 갈 거야. 마법사가 있으니까 걱정 없어. 누가 마법사냐고? 은재야, 너는 커서 마법사가 될 거야! 마술 봉을 휘두르면 아빠 앞에 소고기가 펑! 돼지고기가 펑! 안 웃겨? 농담인데. 너도 꼭 엄마처럼 아빠 농담에 반응이 없구나. 사실 아빠는 고기보다 커피보다 무엇보다 너를 사랑해. 은재 네가 나의 마법이다. 믿을 수 없어서 내 주위 어딘가에 마술 상자가 숨겨져 있는지 살펴보고는 해. 그건 아니었어. 다만 우리가 거대한 상자 속에 있나봐. 상자는 믿을 수 없이 넓어서 아직 우리가 닿지 못한 데가 더 많아. 아빠는 상자의 내벽에 글을 쓴단다.

이건 네 이야기야. 네가 부린 마법을 적는 거지. 먼 훗날, 상자 안 저 멀리에 있는 사람이 길을 잃어 여기에 닿으면 벽에 적힌 글을 보겠지. 아빠의 반성문을, 아빠의 기록장을, 아빠의 모든 것을. 그 사람들 표정은 어떨까? 다운증후군을 가진 사람을 처음 보는 대부분의 사람처럼 뜨악할까? 아님 무심할까? 뭐라도 좋아. 누구라도 너와 1시간만 함께 있으면, 너를 사랑하게 될 거야. 모두를 사랑하게 될 거야. 그래서 안녕하게 되겠지. 은재 너는 마법사니까. 아빠는 네 신비한 마법을 완전히 믿어버리게 되었어. 여기서 글을 끝내. 신이 있어 우리가 들어 있는 상자를 흔들어, 많은 사람이 아빠의 글이 적힌 벽에 와 부딪히면 좋겠구나. 은재, 네 웃음소리를 들을 수 있게. 함께 있을 수 있게.

epilogue

당신

    당신은 젊은 어머니와 젊은 아버지가 처음 연애를 하여 결혼하고 얼마 되지 않아 세상에 나왔다. 발싸개가 답답했는지 아기인 주제에 쏙쏙 벗어던져버렸다고 한다. 당신은 기는 게 귀찮다는 듯, 앉은 채로 시간을 보내다가 이내 걸음마를 뗐다고도 했다. 그 걸음마로 아빠와 외삼촌들의 사랑을 받으며 키가 자랐다. 당신은 이윽고 동생이 생겼고 왜인지 사진마다 약간은 불만이 어린 듯 입술을 삐쭉 내민다. 고등학생이던 당신은 지금보다 한참이나 살이 쪘고 나는 졸업사진을 볼 때마다 놀려댄다. 당신은 생각보다 낮게 나온 입시 점수를 받아들고 몇 군데 원서를 넣는다. 그렇게 합격한 학교의 고풍스럽지만 재미없어 보이는 과에 다니게 된다. 당신이 신입생일 때 나는 군인이었고, 당신이 고등학생일 때 나는 신입생이었다. 당신과 내가 만났을 때 우리는 그냥 젊은이였다. 우리가 우리의 앞날을 모르는 건 당연한 일이었다. 우리는 만났다. 지금까지 헤어지지 않았다.

　우리의 소중한 반딧불이가 책상과 컴퓨터 근처를 맴돌다 스르륵 잠든다. 감은 눈 사이로 당신을 닮은 눈꺼풀이 살포시 돋아 있다. 다운증후군을 가진 아이는 다 똑같이 생겼다고, 부모를 닮은 구석은 없을 것이라고 생각했다. 은재를 보면 편견으로 만들어진 헛소리임을 알 수 있다. 은재는 당신과 나를 닮았다. 당신을 닮은 딸을 낳고 싶었다. 당신을 닮은 딸이라니, 이런 온순한 행복이 나에게 와도 되는 것일까.

　염색체라는 건 참 신비하지. 어쩌다 하나가 더 많은 것일까. 그것으로 인하여 은재의 눈꼬리는 곱게 올라가고 은재의 코는 귀엽게 가라앉고 은재의 성격은 순하고 맑아졌으니, 그것이 어떻게 가능한 일일까. 동시에, 따로 떨어져 각자의 삶을 살던 당신과 나는 어쩌다 같은 학교에 다니게 되었고 어쩌다 우연히 인문대 1호관 복도에서 마주치게 되었을까. 어쩌다 순하고 맑은 당신을 내가 사랑하게 되었을까. 이런 온전한 행운이 가능이나 한 이야기일까.

　우리의 큰아이는 어느 순간 더는 자라지 않게 될 거고 보통의 아이들이 꾸는 꿈과는 다른 꿈을 함께 나눠야 할 것이다. 가끔은 자신이 없다. 아주 가끔은 사는 게 국어국문학 개론처럼 재미없을 때도 있다. 우리는 아저씨 아줌마가 되었지만 여태 젊은이고, 최대한 젊은이이고 싶다. 우리가 우리의 앞일을 모르는 건 당연하다. 나는 모르는 일에 매혹을 느낀다. 당신을 더 잘 알고 싶다. 은재가 당신이라는 문제지의 해설서가 된 것 같다. 은재를 보면 당신과 내가 보인다. 당신과 나의 미래가 보인다.

당신은 나이가 들 것이고 나 또한 그럴 것이다. 이곳에 문장을 하나하나 밀고 끌면서 다가올 시간이 더욱 궁금해졌다. 은재의 특별한 염색체 하나가 시간의 개념을 뛰어넘는 먼 우주의 끝에서 못 말릴 반짝임으로 무장한 신호를 보내오는 것 같다. 그곳에서 당신과 내가 다시 태어나고, 처음 뒤집고, 기고, 걸음마를 떼고 있다. 그렇게 어른이 되어 다시 사랑을 나눈다.

우리의 반딧불이가 다시 날아오른다. 은재가 잠에서 깼다. 땅콩이가 기지개를 켜는 소리가 들린다.

이제, 다시 시작할 수 있을 것 같다.

잘 왔어
우리 딸
ⓒ 서효인 2014

1판 1쇄 발행 2014년 7월 10일
1판 5쇄 발행 2022년 9월 9일

지은이 서효인
펴낸이 김민정
편집 강윤정
디자인 한혜진
마케팅 정민호 이숙재 김도윤 한민아 정진아 이민경 우상욱 정유선
브랜딩 함유지 함근아 김희숙 박민재 박진희 정승민
제작 강신은 김동욱 임현식
제작처 영신사

펴낸곳 (주)난다
출판등록 2016년 8월 25일 제406-2016-000108호
주소 10881 경기도 파주시 회동길 210
전자우편 nandatoogo@gmail.com **페이스북** @nandaisart **인스타그램** @nandaisart
문의전화 031-955-8865(편집) 031-955-2696(마케팅) 031-955-8855(팩스)

ISBN 978-89-546-2520-3   03810

• 이 책의 판권은 지은이와 (주)난다에 있습니다.
• 이 책 내용의 전부 또는 일부를 재사용하려면 반드시 양측의 서면 동의를 받아야 합니다.
• 난다는 (주)문학동네의 계열사입니다.
• 잘못된 책은 구입하신 서점에서 교환해드립니다.
  기타 교환 문의: 031-955-2661, 3580